T. Coraghessan Boyle
Moderne Liebe

Erzählungen

dtv

Die Taschenbibliothek

Die Erzählungen ›Greasy Lake‹, ›All Shook Up‹
und ›Wale weinen‹ wurden von Ditte König
und Giovanni Bandini,
die Erzählung ›Moderne Liebe‹ wurde von
Werner Richter ins Deutsche übertragen.

Januar 1996
Deutscher Taschenbuch Verlag GmbH & Co. KG,
München
Auswahl aus: ›Greasy Lake und andere Geschichten‹
(1993) und ›Wenn der Fluß voll Whisky wär‹ (1991)

Titel der amerikanischen Originalausgaben:
›Greasy Lake & other stories‹ (Viking Penguin Inc., New York
1986) und ›If the River was Whisky‹
(Viking Penguin Inc., New York 1989)

Umschlaggestaltung: Balk & Brumshagen
Umschlagbild: ›Party Time‹ (1985) von Allen Jones
Satz: Design-Typo-Print, Ismaning
Druck und Bindung: C. H. Beck'sche Buchdruckerei,
Nördlingen
Printed in Germany · ISBN 3-423-08320-4

Inhalt

Greasy Lake

It's about a mile down on the dark side of Route 88.
Bruce Springsteen

Es gab eine Zeit, da Höflichkeit und eine gewinnende Art aus der Mode kamen, da es gut war, böse zu sein, da man seine Dekadenz wie einen Geschmack kultivierte. Damals waren wir alle gefährliche Burschen. Wir trugen zerrissene Lederjacken, lungerten mit Zahnstochern im Mund herum, schnüffelten Klebstoff und Äther und etwas, wovon jemand behauptete, es sei Kokain. Wenn wir die jaulenden Kombis unserer Eltern auf die Straße jagten, hinterließen wir einen Streifen Gummi von der Länge eines halben Häuserblocks. Wir tranken Gin und Traubensaft, Tango, Thunderbird und Bali Hai. Wir waren neunzehn. Wir waren böse. Wir lasen André Gide und nahmen ausgeklügelte Posen ein, um zu zeigen, daß wir auf alles schissen. Abends fuhren wir meistens zum Greasy Lake rauf.

Durch die Ortsmitte, den Strip rauf, an den Wohnsiedlungen und Einkaufszentren vorbei, bis die Straßenlaternen dem dünnen fließenden Licht der Scheinwerfer wichen und Bäume sich in einer schwarzen ununterbrochenen Mauer an den Asphalt drängten: Das war der Weg zum Greasy Lake. Die Indianer hatten ihn Wakan genannt, in Anspielung auf die Klarheit seines Wassers. Jetzt war er stinkig und trüb, seine schlammigen Ufer funkelten von Glasscherben und waren mit Bierdosen und den verkohlten Überresten von Lagerfeuern übersät. Knapp hundert Meter vom Ufer gab es eine einzelne, verwüstete Insel, so vollkommen kahl, als hätte sie die Airforce bombardiert. Wir fuhren zum See, weil alle da hinfuhren, weil wir den schweren Duft von Möglichkeit in der Brise schnuppern wollten, einem Mädchen zuschauen, wie es sich auszog und in die faulige Brühe sprang. Bier trinken, Pot rauchen, die Sterne anheulen, das absurde, kehlige Gebrüll des Rock and Roll zum urzeitlichen Geraune von Fröschen und Grillen genießen. Das war Natur.

Einmal war ich dort spät nachts in Gesellschaft zweier gefährlicher Burschen. Digby trug einen goldenen Stern im rechten Ohr und erlaubte seinem Vater, ihm die Studiengebühren für Cornell zu bezahlen. Jeff trug sich mit dem Gedanken, das College zu schmeißen und Maler/Musiker/Besitzer-eines-Ladens-für-Kifferbedarf zu werden. Sie waren beide hervorragende Kenner der gesellschaftlichen Umgangsformen, schnell bei der Hand mit einem verächtlichen Grinsen, imstande, einen Ford mit ausgeleierten Stoßdämpfern und rissigem, welligem Asphalt unter den Rädern bei hundertvierzig Sachen auf der Straße zu halten und dabei einen Joint, so kompakt wie eine Schokoladenzigarette, zu drehen. Lässig gegen eine Wand von donnernden Boxen gelehnt, konnten sie wie die Weltmeister »Ey, Mann« sagen oder über die Tanzbahn rocken, als hätten sie Kugellager in den Gelenken. Sie waren aalglatt und flott, und sie trugen ihre Spiegelbrille beim Frühstück und Abendessen, unter der Dusche, in Hinterzimmern und Höhlen. Mit einem Wort, sie waren böse.

Ich fuhr. Digby bearbeitete das Armaturenbrett und grölte mit Toots & the Maytals mit, während Jeff den Kopf aus dem Fenster hängen ließ und die Flanke des Bel Air meiner Mutter mit Schlieren von Erbrochenem dekorierte. Es war Anfang Juni, die Luft so weich wie eine Hand auf der Wange, die dritte Nacht der Sommerferien. Die ersten zwei Nächte waren wir bis zum Morgengrauen unterwegs gewesen, auf der Suche nach etwas, was wir nicht gefunden hatten. In dieser, der dritten Nacht waren wir den Strip siebenundsechzigmal rauf- und runtergefahren, hatten jede Bar und jeden Klub abgeklappert, die uns im Umkreis von 30 Kilometern eingefallen waren, hatten zweimal für Fried Chicken und Vierzig-Cents-Hamburger angehalten, die Frage erörtert, ob wir auf eine Fete im Haus eines Mädchens, das Jeffs Schwester kannte, gehen sollten, und zwei Dutzend rohe Eier auf Briefkästen und Tramper geschmissen. Es war zwei Uhr; die Bars machten allmählich dicht. Es blieb nichts mehr zu tun übrig, als mit einer Flasche Gin mit Zitronengeschmack zum Greasy Lake raufzufahren.

Als wir schwungvoll auf den ungepflasterten Parkplatz mit seinen Büscheln von Unkraut und waschbrettartigen Bodenwellen einbogen, blinkten uns die Rücklichter eines einzigen Autos entgegen; '57er Chevy, pfefferminzblaumetallic. Am anderen Ende des Parkplatzes lehnte, wie der Chitinpanzer eines ausgemergelten Chrom-Insekts, ein Chopper auf seinem Ständer. Und damit hatten sich die Attraktionen: irgend so ein fixender hirnamputierter Rocker und ein Autofreak, der seine Freundin knallte. Was immer es sein mochte, wonach wir suchten, am Greasy Lake sollten wir es anscheinend nicht finden. Nicht diese Nacht.

Aber dann waren plötzlich Digbys Hände da und versuchten, mich vom Steuer zu verdrängen. »He, das ist Tony Lovetts Auto! He!« brüllte er, während ich auf die Bremse stieg und der Bel Air die Nase an die blanke Stoßstange des parkenden Chevy setzte. Digby legte sich lachend auf die Hupe und befahl mir, das Fernlicht einzuschalten. Ich blendete auf. Das war urkomisch. Ein Scherz. Tony würde einen vorzeitigen Interruptus erleiden und sich von grimmig dreinschauenden Staatspolizisten mit Stablampen gestellt wähnen. Wir hupten, blendeten auf und ab und sprangen dann aus dem Wagen, um unsere geistreichen Gesichter an Tonys Fenster zu drücken; wer weiß, vielleicht daß wir sogar die Titten irgendeiner Braut kurz zu sehen bekamen, und dann konnten wir Tony-mit-rotem-Kopf auf den Rücken klopfen, ein bißchen Zoff machen und uns zu neuen Höhepunkten des Abenteuers aufmachen.

Der erste Fehler, derjenige, der den ganzen Schlamassel ins Rollen brachte, war der, daß ich die Schlüssel verlor. Als ich mit dem Gin in der einen Hand und einem brennenden Joint in der anderen aus dem Auto sprang, ließ ich sie in der Aufregung ins Gras fallen – ins dunkle, geil wuchernde, geheimnisvolle Nachtgras am Greasy Lake. Das war ein taktischer Fehler, in seiner Art ebenso schwerwiegend und nicht wiedergutzumachen wie Westmorelands Entscheidung, sich in Khe Sanh einzugraben. Ich spürte es wie eine blitzkurze Ahnung, und ich blieb da vor der offenen Tür stehen und stierte unbestimmt in die Nacht, die um meine Füße schwamm.

Der zweite Fehler – und dieser hing unentwirrbar mit dem ersten zusammen, war der, daß wir den Chevy für den von Tony Lovett hielten. Noch bevor der äußerst üble Bursche in schmierigen Jeans und Bauarbeiterstiefeln aus der Fahrertür hervorschoß, wurde mir bewußt, daß dieses Chromblau viel heller war als das matte Türkis von Tonys Auto und daß der auch keine Boxen auf der Hutablage montiert hatte. Ihrem Gesichtsausdruck nach zu urteilen, tasteten sich auch Digby und Jeff gerade jeder für sich auf dieselbe unausweichliche und beunruhigende Erkenntnis wie ich selbst.

Jedenfalls erwies sich dieser üble schmierige Typ als unzugänglich für logische Argumente – er war ganz eindeutig ein Mann der Tat. Der erste kernige Kick seines Stahlkappenstiefels erwischte mich am Kinn, schlug mir eine Ecke von meinem Lieblingszahn weg und legte mich flach in den Dreck. Wie ein Idiot hatte ich mich halb hingekniet, um das derbe zertrampelte Gras nach den Schlüsseln zu durchkämmen, während mein Verstand auf die langwierigste, schildkrötigste Weise Gedanken aneinanderreihte, und ich wußte, daß alles schiefgelaufen war, daß ich ernsthafte Probleme hatte und daß der verlorene Zündschlüssel mein Gral und meine Rettung war. Die drei oder vier folgenden Tritte wurden vornehmlich von meiner rechten Gesäßbacke und dem harten Stück Knochen am unteren Ende meiner Wirbelsäule absorbiert.

In der Zwischenzeit flankte Digby über die vereinten Stoßstangen und versetzte dem schmierigen Typen einen brutalen Kung-Fu-Schlag gegen das Schlüsselbein. Digby hatte gerade für den Sportschein, den er brauchte, einen Kurs in fernöstlichen Kampfkünsten absolviert und den größeren Teil der letzten zwei Nächte damit zugebracht, uns apokryphe Geschichten über Bruce Lee und die elementare Kraft zu erzählen, die in blitzschnelle Hiebe aus angewinkelten Handgelenken, Knöcheln und Ellbogen gelegt werden mußte. Der schmierige Typ blieb unbeeindruckt. Mit einem Gesicht wie eine Toltekenmaske trat er lediglich einen Schritt zurück und erledigte Digby mit einem einzigen zischenden Schwinger … aber mittlerweile hatte sich auch Jeff eingeschaltet, und ich fing allmählich an, mich aus dem Dreck aufzurappeln, während ein metallischer Knebel aus Schock, Wut und Ohnmacht mir die Kehle verstopfte.

Jeff hing auf dem Rücken des Burschen und biß ihn ins Ohr. Digby war am Boden und fluchte. Ich griff mir das Montiereisen, das ich unter dem Fahrersitz aufbewahrte. Ich bewahrte es dort auf, weil üble Typen immer Montiereisen unter dem Fahrersitz aufbewahren, und zwar genau für solche Gelegenheiten. Mochte ich auch zum letztenmal in der sechsten Klasse in eine Schlägerei verwickelt gewesen sein, als ein Junge mit schläfrigem Blick und zwei aus der Nase hängenden Rotzglocken mir einen Baseballschläger gegen das Knie knallte; mochte ich das Montiereisen bisher auch nur zweimal in der Hand gehabt haben, um Reifen zu wechseln: Es war da. Und jetzt griff ich es mir.

Ich hatte fürchterliche Angst. Das Blut hämmerte mir in den Ohren, meine Hände zitterten, mein Herz überschlug sich wie ein Motorrad im falschen Gang. Mein Kontrahent hatte kein Hemd an, und ein einziger durchgehender Muskelstrang schoß quer über seine Brust, als er sich vorbeugte, um sich Jeff wie einen nassen Mantel vom Rücken zu ziehen. »Arschficker«, stieß Jeff immer wieder hervor, und in dem Moment wurde mir bewußt, daß wir alle vier – Digby, Jeff und mich eingeschlossen – »Arschficker, Arschficker« brüllten, als sei es ein Schlachtruf. (Was geschah dann? fragt der Detektiv unter der heruntergezogenen Krempe seines Bogart-Hutes hervor den Mörder. Ich weiß nicht, sagt der Mörder, irgendwas ist über mich gekommen. Ganz genau.)

Digby stieß dem üblen Typen die flache Hand ins Gesicht, und ich stürzte mich auf ihn wie ein Kamikaze, besinnungslos, rasend, qualvoll gedemütigt – die ganze Sache hatte, vom auslösenden Stiefel am Kinn bis zu diesem mörderischen Ur-Augenblick, nicht mehr als sechzig hyperventilierende, hormonausschüttende Sekunden gedauert –, ich stürzte mich auf ihn und ließ das Montiereisen gegen sein Ohr krachen. Das Ergebnis trat mit verblüffender Unmittelbarkeit ein. Er war ein Stuntman, und das hier war Hollywood, er war ein großer zahnfletschender Ballon, und ich war der Mann mit der Stecknadel. Er brach zusammen. Machte sich in die Hose. Erschlaffte in seinen Stiefeln.

Eine einzelne Sekunde, groß wie ein Zeppelin, schwebte an uns vorbei. Wir standen im Kreis über ihm, zähneknirschend, Hälse ruckend, an Gliedmaßen, Händen und Füßen unter den Adrenalinstößen zuckend. Keiner sagte ein Wort. Wir starrten nur auf den Kerl hinunter, den Autofreak, den Liebhaber, den flachgelegten üblen schmierigen Burschen. Digby sah mich an; desgleichen Jeff. Ich hielt noch immer das Montiereisen fest, an dessen Krümmung ein Haarbüschel klebte, wie Löwenzahnflaum, wie eine Daune. Völlig erledigt, ließ ich es auf den Boden fallen und malte mir schon die Schlagzeilen aus, die pockennarbigen Gesichter der Untersuchungsbeamten, das Funkeln der Handschellen, das Gerassel der Gittertür, die ungeschlachteten schwarzen Schatten, die aus den Tiefen der Zelle aufstiegen ... als plötzlich ein rauher, zerrissener Schrei mich wie der kollektive Saft sämtlicher elektrischen Stühle des Landes durchfuhr.

Es war die Braut. Sie war klein, barfüßig, in Höschen und Männerhemd gekleidet. »Bestien!« kreischte sie, indem sie mit geballten Fäusten, die Strähnen ihrer Fönfrisur im Gesicht, auf uns zustürmte. Sie hatte ein Silberkettchen an einem Fußknöchel, und ihre Zehennägel blitzten im grellen Licht der Scheinwerfer. Ich glaube, die Zehennägel gaben den Ausschlag. Klar, der Gin und der Cannabis und vielleicht sogar das Kentucky Fried können auch ihre Hand im Spiel gehabt haben, aber es war der Anblick dieser flammenden Zehen, der uns explodieren ließ – die aus dem Brotlaib kriechende Kröte in der ›Jungfrauenquelle‹, Lippenstift, auf dem Gesicht eines Kindes: Sie war bereits befleckt. Wir fielen über sie her wie Bergmanns geistesgestörte Brüder – nichts Böses sehen, hören, sagen –, keuchend, röchelnd, an ihrer Kleidung reißend, nach Fleisch grapschend. Wir waren üble Burschen, und wir waren erschrocken und scharf und drei Schritte jenseits der Grenze – es hätte alles passieren können.

Das tat es nicht.

Bevor wir, mit vor Lust und Gier und der reinsten elementaren Schlechtigkeit verschleierten Augen, sie auf die Motorhaube drücken konnten, bog ein Scheinwerferpaar auf den Parkplatz ein. Da standen wir, verdreckt, blutig, schuldig, der Menschheit und Zivilisation entfremdet, das erste Ur-Verbrechen hinter uns, das zweite in der Mache. Mit Fetzen von Nylonhöschen und Spandex-BH an den Fingern, mit offenen Hosenschlitzen und geleckten Lippen standen wir da, gefangen im Scheinwerferlicht. Festgenagelt.

Wir hauten ab. Erst zum Auto und dann, als uns klar wurde, daß wir keinerlei Möglichkeit hatten, es anzulassen, in Richtung Wald. Ich dachte an nichts. Ich dachte an Flucht. Die Scheinwerfer nahmen mich aufs Korn wie anklagende Zeigefinger. Ich war weg.

Ram-bam-bam, über den Parkplatz, an dem Chopper vorbei und hinein in das stinkende Gesträuch, das den See säumte, auffliegende Insekten im Gesicht, unkrautgepeitscht, Frösche und Schlangen und rotäugige Schildkröten, die in die Nacht davonplatschten: Ich war schon knöcheltief in Dreck und lauwarmem Wasser und noch immer in Bestform. Hinter mir nahmen die Schreie des Mädchens an Intensität zu, untröstlich, verdammend, die Schreie der Sabinerinnen, der christlichen Märtyrerinnen, der Anne Frank, die aus der Dachkammer geschleift wird. Ich ging immer weiter, von diesen Schreien und von Visionen und Bullen und Bluthunden verfolgt. Das Wasser reichte mir schon bis zum Knie, als mir klar wurde, was ich da tat: Ich würde ihnen wegzuschwimmen versuchen. Quer durch den Greasy Lake schwimmen und mich im Dickicht am anderen Ufer verstecken. Dort würden sie mich niemals finden.

Ich atmete schluchzend, keuchend. Das Wasser schwappte mir gegen den Bauch, als ich mich umschaute, über die mondpolierten Kräuselwellchen und die Algenmatten hinweg, die wie Schorf an der

Wasseroberfläche hafteten. Jeff und Digby waren verschwunden. Ich hielt inne. Lauschte. Das Mädchen wurde ruhiger, die Schreie verdünnten sich zu Schluchzern, aber jetzt waren Männerstimmen zu hören, wütende, erregte, und das sirrende Standgeräusch ihres Wagens. Ich watete tiefer hinein, verstohlen, gehetzt, und der Schlick saugte sich an meinen Turnschuhen fest. Als ich gerade losschwimmen wollte, – exakt in dem Augenblick, als ich die Schulter zum ersten kraftvollen Zug senkte –, stieß ich mit etwas zusammen. Etwas Unaussprechlichem, Obszönem, etwas Weichem, Nassem, Moosbewachsenem. Ein Klumpen Kraut? Ein Baumstamm? Als ich die Hand ausstreckte, um es zu betasten, gab es nach wie eine Gummiente, wie Fleisch.

Aus einer dieser widerwärtigen, kleinen Eingebungen heraus, auf die wir von Kindesbeinen an durch Film und Fernsehen und Kurzaufenthalte in Bestattungsinstituten zwecks nachdenklicher Betrachtung der bemalten Überreste unserer toten Großeltern konditioniert werden, begriff ich, was es war, was da so unzulässigerweise in der Dunkelheit schaukelte. Begriff und stolperte voll Grauen und Ekel zurück, wobei mein Verstand in sechs verschiedene Richtungen gleichzeitig gerissen wurde (ich war neunzehn, ein Kind noch, ein Säugling, und hatte im Zeitraum von fünf Minuten einen schmierigen, üblen Burschen niedergeschlagen und war mit dem aufgeweichten Kadaver eines zweiten zusammengestoßen) und dachte: Die Schlüssel, die Schlüssel, warum mußte ich nur die Schlüssel verlieren? Ich stolperte zurück, aber der Schlick hielt meine Füße fest – ein Turnschuh blieb stecken, ich kippte um –, und plötzlich sauste ich mit dem Gesicht zuerst auf die schwimmende schwarze Masse herunter, stieß verzweifelt meine Hände nach vorn und beschwor simultan die Vision stinkender Frösche und Bisamratten herauf, die sich im Schlick ihrer eigenen Säfte zersetzten. AAAAArrrgh! Ich schoß aus dem Wasser wie ein Torpedo, wobei der Tote sich um seine Längsachse drehte und einen moosigen Bart und mondkalte Augen nach oben kehrte. Ich muß laut aufgeschrien haben, während ich im Unkraut um mich strampelte, denn die Stimmen hinter mir klangen plötzlich erregt.

»Was war das?«

»Das sind sie, das sind sie: Die haben versucht, mich, mich ... zu *vergewaltigen*!« Schluchzer.

Eine Männerstimme, platter Midwest-Akzent. »Ihr Hurensöhne, wir legen euch um!«

Frösche, Grillen.

Dann eine andere Stimme, mißtönend, Lower East Side: »Aaschficka!« Ich erkannte die virtuose Ausdrucksweise des üblen schmierigen Typen mit den Bauarbeiterstiefeln wieder. Zahn gesplittert, Schuhe futsch, von oben bis unten mit Schlamm und Schleim und Schlimmerem bedeckt, mit angehaltenem Atem im Unkraut kauernd, darauf wartend, meinen Arsch gründlich und endgültig eingetreten zu kriegen, und gerade der grauenhaften stinkenden Umarmung einer seit drei Tagen toten Leiche entronnen, verspürte ich mit einemmal ein Aufwallen von Freude und Erleichterung: Der Hurensohn war am Leben! Genauso schnell erstarrten meine Eingeweide zu Eis. »Kommt da raus, ihr schwulen Arschficker!« kreischte der üble schmierige Typ. Er brüllte Flüche, bis ihm die Luft ausging.

Die Grillen setzten wieder ein, dann die Frösche. Ich hielt den Atem an. Ganz plötzlich ertönte ein Geräusch im Schilf, ein Zischen, ein Platschen: Wsss-plumpf. Sie warfen mit Steinen. Die Frösche verstummten. Ich verbarg den Kopf in den Armen. Wsss, wsss, plumpf. Ein Klumpen Feldspat von der Größe einer Billardkugel prallte von meinem Knie ab. Ich biß mir in den Finger.

Da wandten sie sich dem Auto zu. Ich hörte eine Tür knallen, einen Fluch und dann das Geräusch zersplitternder Scheinwerfer – beinah ein gutmütiges Geräusch, festlich, wie von knallenden Sektkorken. Dem folgte das stumpfe Dröhnen der Stoßstangen, Metall auf Metall, und dann das frostige Bersten der Windschutzscheibe. Ich robbte mich zentimeterweise vor, Ellbogen und Knie, den Bauch in den Dreck gepreßt, und dachte an Guerillas und Kommandos, und ›Die Nackten und die Toten‹. Ich drückte das Unkraut zur Seite und lugte hinüber zum anderen Ende des Parkplatzes.

Der Motor des zweiten Wagens – es war ein Trans-Am – lief noch immer, und seine hoch angesetzten Scheinwerfer tauchten die Szene in ein grelles theatralisches Licht. Mit wirbelndem Montiereisen ging der schmierige üble Bursche gerade wie ein Rachedämon auf die Flanke des Bel Air meiner Mutter los, während sein Schatten die Baumstämme hinauffuhr. Wumm. Wumm. Wumm-wumm. Die zwei anderen Kerle – blonde Typen mit Verbindungsjacken – halfen ihm mit Ästen und kopfgroßen Felsbrocken. Einer der beiden sammelte Flaschen, Steine, Dreck, Schokoladenpapier, gebrauchte Kondome, Kronkorken und sonstigen Müll zusammen und kippte alles durchs

Fenster auf der Fahrerseite. Ich konnte die Braut sehen, eine weiße Knolle hinter der Windschutzscheibe des '57er Chevy. »Bobby«, quengelte sie in das Geschepper hinein, »jetzt *komm* schon.« Der schmierige Bursche hielt einen Moment inne, versetzte dem linken Rücklicht einen ordentlichen Schlag und schleuderte das Montiereisen in die Mitte des Sees. Dann ließ er den '57er an und war weg.

Blondschopf nickte Blondschopf zu. Einer sagte was zum anderen, aber so leise, daß ich nichts mitbekam. Sie überlegten sich zweifellos, daß ihre Mitwirkung an der Vernichtung des Autos meiner Mutter eine etwas vorschnelle Handlung gewesen war, und überlegten sich gleichfalls, daß drei mit eben diesem Auto in Beziehung stehende üble Typen sie vom Wald aus beobachteten. Vielleicht gingen ihnen auch weitere Möglichkeiten durch den Kopf – Polizei, Gefängniszellen, Friedensrichter, Schadenersatzforderungen, Anwälte, erzürnte Eltern, verbindungsbrüderlicher Tadel. Was immer sie sich auch gedacht haben mögen, jedenfalls ließen sie plötzlich Äste, Flaschen und Steine fallen und spurteten synchron, als hätten sie es einstudiert, zu ihrem Wagen. Fünf Sekunden. Länger brauchten sie nicht. Der Motor heulte auf, die Reifen quietschten, eine Staubwolke erhob sich über dem zerfurchten Parkplatz und senkte sich dann wieder auf das Dunkel.

Ich weiß nicht, wie lange ich so dalag: der Gestank der Verwesung, der mich überall umgab, meine Jacke so schwer wie Blei, der Urschleim, der sich unmerklich bewegte, um eine Hohlform für meine Oberschenkel und Hoden zu bilden. Mein Kiefer schmerzte, mein Knie pochte, mein Steißbein brannte wie Feuer. Ich zog Selbstmord in Betracht, fragte mich, ob ich eine Brücke benötigen würde, durchharkte mein Gehirn nach so was wie einer Ausrede für meine Eltern – ein Baum war aufs Auto gestürzt, ein Brotlaster hatte mich hinterrücks gerammt und Fahrerflucht begangen. Vandalen hatten es sich vorgenommen, während wir bei Digby Schach spielten. Dann fiel mir der Tote ein. Er war wahrscheinlich der einzige Mensch auf der Welt, der schlechter dran war als ich. Ich dachte an ihn, Nebel über dem See, gespenstisch zirpende Insekten, und spürte, wie die Angst an mir zog, spürte, wie sich die Finsternis in mir auftat wie ein klaffendes Maul. Wer war er, fragte ich mich, dieses Opfer der Zeit und der Umstände, der traurig im See hinter mir schaukelte? Zweifellos der Eigentümer des Choppers, ein älterer übler Bursche, den es erwischt hatte. Erschossen im Verlauf eines finsteren Drogengeschäfts, ertrunken während alkoholisierter Lustbarkeit im See. Noch eine Schlagzeile. Mein Auto war ramponiert; er war tot.

Als die östliche Hälfte des Himmels von Schwarz zu Kobalt überging und die Bäume begannen, sich von den Schatten zu lösen, stemmte ich mich aus dem Schlamm hoch und ging an Land. Mittlerweile hatten die Vögel die Grillen abgelöst, und Tau lag schlüpfrig auf den Blättern. Es schwebte ein Geruch in der Luft, herb und süß zugleich, der Geruch der Sonne, die Knospen entzündete und Blüten öffnete. Ich betrachtete den Wagen. Er lag da wie ein Wrack irgendwo am Rand des Highways, wie eine Stahlskulptur, Zeugnis einer längst untergegangenen Kultur. Alles war still. Das war Natur.

Ich ging gerade, so verdreckt und benommen wie der einzig Überlebende eines Bombenangriffs, um das Auto herum, als Digby und Jeff zwischen den Bäumen hinter mir auftauchten. Digbys Gesicht war mit verschmierter Erde schraffiert; Jeff hatte keine Jacke mehr, und sein Hemd war an der Schulter zerrissen. Sie latschten sichtlich verlegen über den Parkplatz und stellten sich schweigend neben mich, um das massakrierte Auto anzugaffen. Keiner sprach ein Wort. Nach einer Weile öffnete Jeff die Fahrertür und fing an, die Glasscherben und den Müll vom Sitz zu schaufeln. Ich sah Digby an. Er zuckte die Schultern. »Wenigstens haben sie die Reifen nicht aufgeschlitzt«, sagte er.

Das stimmte: Die Reifen waren intakt. Die Windschutzscheibe war verschwunden, die Scheinwerfer eingeschlagen, und die Karosserie sah aus, als sei sie auf einer Dorfkirmes für einen Vierteldollar pro Hieb mit dem Vorschlaghammer bearbeitet worden, aber die Reifen hatten den vorgeschriebenen Druck. Das Auto war fahrbereit. Schweigend bückten wir uns alle drei und machten uns daran, den Schlamm und die Glassplitter aus dem Innenraum zu scharren. Ich sagte nichts von dem Rocker. Als wir fertig waren, griff ich in die Tasche nach den Schlüsseln, wurde von einer bösen Erinnerung überfallen, verfluchte mich selbst und machte kehrt, um das Gras abzusuchen. Ich entdeckte sie fast im nächsten Augenblick, nicht weiter als anderthalb Meter von der offenen Tür entfernt, wo sie wie Edelsteine im ersten, sich verjüngenden Sonnenstrahl funkelten. Es gab keine Veranlassung, diesbezüglich philosophische Betrachtungen anzustellen: Ich ließ mich behutsam auf dem Fahrersitz nieder und startete den Motor.

Exakt in dem Augenblick rumpelte der silberfarbene Mustang mit den aufgeklebten Flammenverzierungen auf den Parkplatz. Wir erstarrten alle drei; dann glitten Digby und Jeff ins Auto und knallten die Tür zu. Wir schauten zu, wie der Mustang über die Furchen holperte und wippte und schließlich mit einem Ruck neben dem verwaisten Chopper am anderen Ende des Grundstückes stehenblieb. »Laß uns verschwinden«, sagte Digby. Ich zögerte, während der Bel Air unter mir röchelte.

Zwei Mädchen entstiegen dem Mustang. Enge Jeans, Bleistiftabsätze, Haar wie gefrorener Pelz. Sie beugten sich über das Motorrad, stöckelten ziellos auf und ab, sahen dann auf das hoch aufgeschossene Schilf zu, das einen grünen Zaun um den See bildete. Eine von beiden legte sich die Hände trichterförmig um den Mund. »Al«, rief sie. »He, Al!«

»Komm schon«, zischte Digby. »Laß uns hier verschwinden.«

Aber es war zu spät. Das zweite Mädchen stelzte vorsichtig, auf wackeligen Absätzen über den Parkplatz, sah zu uns herüber und dann wieder weg. Sie war älter – fünf- oder sechsundzwanzig –, und als sie näher herankam, konnten wir sehen, daß mit ihr irgendwas nicht stimmte: Sie war zu oder betrunken, taumelte jetzt und breitete die Arme aus, um das Gleichgewicht zu halten. Ich umklammerte das Lenkrad, als sei es der Hebel des Schleudersitzes in einem brennenden Düsenjäger, und Digby stieß zweimal meinen Namen aus, kurz und ungeduldig.

»Hi«, sagte das Mädchen.

Wir schauten sie an wie Zombies, wie Kriegsveteranen, wie taubstumme Bleistifthausierer.

Sie lächelte mit rissigen, trockenen Lippen. »Hört ma«, sagte sie und beugte den Oberkörper herunter, um durchs Fenster zu schauen, »habt ihr Jungs Al gesehen?« Ihre Pupillen waren Nadelspitzen, ihre Augen Glas. Sie ruckte mit dem Kopf. »Das da drüben is sein Ofen – Al seiner. Habt ihr'n gesehen?«

Al. Ich wußte nicht, was ich sagen sollte. Ich wollte raus aus dem Auto und würgen, wollte heim zu meinen Eltern und ins Bett kriechen. Digby stieß mich in die Rippen. »Wir haben niemand gesehen«, sagte ich.

Das Mädchen schien sich das durch den Kopf gehen zu lassen, während sie einen schlanken geäderten Arm ausstreckte, um sich am Auto abzustützen. »Egal«, nuschelte sie, »wird schon noch aufkreuzen.« Und dann, als hätte sie sich eben erst ein Bild von der ganzen Szenerie gemacht – dem ramponierten Auto und unseren lädierten Gesichtern, der Trostlosigkeit des Ortes –, sagte sie: »He, ihre Jungs scheint ja ’n paa echt üble Burschen zu sein – Schlägerei gehabt, wie?« Wir starrten stur geradeaus, steif wie Katatoniker. Sie wühlte in der Hosentasche und murmelte irgendwas. Endlich hielt sie uns eine Handvoll in Folie eingeschweißter Tabletten hin: »He, wollt ihr ein’n draufmachen, wollt ihr mit Sarah und mir ’n paa von einschmeißen?«

Ich sah sie nur an. Ich dachte, ich müßte gleich weinen. Digby brach das Schweigen. »Nein danke«, sagte er, indem er sich über mich lehnte. »Ein andermal.«

Ich legte den Gang ein, und das Auto setzte sich stöhnend in Bewegung. Glasschrot abschüttelnd wie ein alter Hund, der triefend aus dem Wasser steigt, und kroch, auf seinen ausgeleierten Federn über die Schlaglöcher schaukelnd, auf den Highway zu. Sonne glänzte auf dem See. Ich schaute zurück. Das Mädchen stand noch immer da und sah uns nach, mit hängenden Schultern und ausgestreckter Hand.

Moderne Liebe

Körperflüssigkeiten wurden keine ausgetauscht bei der ersten Verabredung, und das war uns beiden nur recht. Ich holte sie um sieben ab, ging mit ihr ins »Mee Grop«, wo sie sorgfältig jede einzelne Fleischfaser aus ihrem Phat Thai entfernte, sah zu, wie sie vier Flaschen Singha zu je drei Dollar leerte, und strich ihr dann im Kino des Circle-Einkaufszentrums sanft über das nach Balsam duftende Haar, während sie beim *Terminator* ruhig schlummerte. Danach nahmen wir noch einen Drink in »Rigoletto's Pizza Bar« (und zweimal Pizza vom Blech, nur mit Käse belegt), und dann setzte ich sie zu Hause ab. Kaum hielten wir vor ihrer Wohnung, hatte sie die Tür schon aufgestoßen. Sie wandte mir das lange, elegante, melancholische Gesicht ihrer puritanischen Vorfahren zu und streckte die Hand aus.

»Hat Spaß gemacht«, sagte sie.

»Ja«, antwortete ich und gab ihr die Hand.

Sie trug Handschuhe.

»Ich ruf dich an«, sagte sie.

»Gut«, sagte ich und bedachte sie mit meinem strahlendsten Lächeln. »Und ich ruf dich an.«

Bei der zweiten Verabredung lernten wir einander näher kennen.

»Ich kann dir gar nicht sagen, was für ein Streß das neulich abends für mich war«, sagte sie, während sie in ihren Schoko-Mokka-Karamelbecher starrte. Es war früher Nachmittag, wir saßen in »Helmut's Olde Tyme«, einer Eisdiele in Mamaroneck, die Sonne strömte durch die dicken Milchglasscheiben und erhellte das Lokal, daß es aussah wie ein Genesungsheim. Die Armaturen hinter der Theke blitzten, das Messingrohr an der Bar war auf Hochglanz poliert, und alles roch nach Desinfektionsmittel. Wir waren die einzigen Gäste.

»Wie meinst du das?« fragte ich. In meinem Mund klebten geschmolzene Marshmallows und Karamel.

»Ich meine das Thai-Restaurant, die Sitze im Kino, die *Damentoilette* in diesem Lokal da, um Himmels willen ...«

»Das Thai-Restaurant?« Ich kam nicht ganz mit. Dann erinnerte ich mich an ihr Herumgefummel mit dem Schweinefleisch und daran, wie penibel sie die Glasnudeln seziert hatte. »Bist du Vegetarierin?«

Sie blickte verärgert auf und richtete dann die ganze Entrüstung ihrer weit aufgerissenen, eisblauen Augen auf mich. »Hast du dir schon mal die Statistiken des Gesundheitsministeriums über die sanitären Verhältnisse in ausländischen Spezialitätenrestaurants angesehen?«

Das hatte ich nicht.

Ihre Stirn legte sich in Falten. Sie meinte es ernst. Sie hielt einen Vortrag. »Diese Leute sind Flüchtlinge. Sie haben – nun ja, andere Maßstäbe. Die sind nicht mal geimpft.« Ich sah zu, wie sie mit dem schmalen Löffel in die Tiefen ihres Bechers fuhr und die Lippen für ein ordentliches viereckiges Stückchen Eiscreme mit Karamel öffnete.

»Die Illegalen jedenfalls nicht. Und die Hälfte von ihnen ist illegal hier.« Sie schluckte mit einer fast unmerklichen Bewegung, einem Schauer, bei dem ihr Kehlkopf sich hob und senkte wie der einer Gazelle. »Ich habe mich vor Angst richtig betrunken«, sagte sie. »Aus blinder Panik. Ich mußte dauernd daran denken, daß ich mir vielleicht Hepatitis oder Dysenterie oder Dengue-Fieber einfangen könnte.«

»Dengue-Fieber?«

»Normalerweise habe ich im Kino immer ein Hygienetuch zum Wegwerfen dabei – denk bloß mal nach, wer da alles vor dir auf diesem Stuhl gesessen hat und wie oft, und was alles für üble kleine Kulturen von diesem und jenem da in diesen uralten Rückständen von Sirup und Coke und Popcorn mit extra viel Butter gedeihen – aber ich wollte nicht, daß du bei unserer ersten Verabredung findest, ich wäre zu extrem oder so was, deshalb hab ich's mir nicht hingelegt. Aber dann diese *Damentoilette* ... Du findest doch wohl nicht, daß das eine Überreaktion war, oder?«

Im Grunde fand ich das schon. Natürlich fand ich das. Ich mochte das Essen in den Thai-Restaurants – und Sushi und Krabben in Ingwer und fettiges Souvlaki von einer Bude am Straßenrand auch. Ihr Blick war der einer irren Heiligen, einer besessenen Asketin, die ihr Fleisch kasteit, aber das war mir egal. Sie sah gut aus, nicht mehr ganz jung, helläugig und rein, so kühl und einzigartig, als wäre sie gerade aus dem Gemälde eines Präraffaeliten herausgetreten, und ich war verliebt. Außerdem waren mir solche Anwandlungen nicht fremd. Hypochondrie. Anale Verklemmtheit. Geordnete Verhältnisse und alphabetische Reihenfolge. Ich war dreiunddreißig und unverheiratet, ich hatte ein paar Narben, und ich las Zeitung – Herpes, Aids, der asiatische Tripper, gegen den kein Antibiotikum der Welt eine Chance hatte. Ich war bereit, es ruhig angehen zu lassen. »Nein«, sagte ich, »ich finde überhaupt nicht, daß es eine Überreaktion war.«

Ich atmete so tief ein, daß es wie ein Seufzer klang. »Es tut mir leid«, sagte ich ganz leise und sah sie mit zerknirschtem Hundeblick an. »Ich hab es nicht gewußt.«

Da streckte sie den Arm aus, ergriff meine Hand – berührte sie, Haut auf Haut – und murmelte, es sei schon in Ordnung, sie habe schon Schlimmeres mitgemacht. »Wenn du es genau wissen willst«, sagte sie mit tiefer Stimme, »ich mag Lokale wie dieses hier.«

Ich sah mich kurz um. Das Eiscafé war immer noch leer, bis auf Helmut in seinem blendendweißen Overall und mit gestyltem Haarschnitt, der gewissenhaft die gefliesten Wände blankputzte. »Ich weiß, was du meinst«, sagte ich.

Wir gingen einen Monat lang miteinander aus – Museen, Autofahrten aufs Land, französische und deutsche Restaurants, Eissalons, Farn-Bars –, ehe wir uns das erste Mal küßten. Und als wir uns küßten, nach einer Aufführung von ›David und Lisa‹ in einem Repertoirekino draußen in Rhinebeck und in einer Nacht, die so kalt war, daß kein Wald-und-Wiesen-Bakterium oder herkömmliches Virus eine Überlebenschance gehabt hätte, da streiften sich unsere Lippen nur ganz flüchtig. Sie trug einen Webpelzmantel mit wattierten Schultern und eine tief in die Stirn gezogene Strickmütze, und sie hatte sich bei mir untergehakt, als wir aus dem Kino in die bitterkalte Nacht hinaustraten. »Mein Gott«, sagte sie, »hast du gesehen, als er brüllte: ›Du hast mich berührt!‹ War das nicht einmalig?« Ihre Augen waren weit aufgerissen, und sie schien seltsam erregt. »Klar«, sagte ich, »ja, es war toll.« Und dann zog sie mich dicht an sich und küßte mich. Ich spürte, wie ihre Lippen sanft über die meinen strichen. »Ich liebe dich«, sagte sie, »glaube ich.«

Ein Monat Ausgehen und ein trockener, hingetupfter Kuß. Ab da könnte man wohl langsam anfangen, sich über mich zu wundern, aber es machte mir wirklich nichts aus. Wie gesagt, ich war bereit zu warten – ich hatte die Geduld eines Sisyphus –, und es genügte mir, nur so mit ihr zusammen zu sein. Wozu die Dinge überstürzen? dachte ich. Es ist gut so, es ist angenehm, wie das langsame, bezaubernde Entstehen einer Romanze in einem Frank-Capra-Film, in denen stets Zauber und Licht dominieren. Sicher, sie hatte ihre Idiosynkrasien, aber wer hat die nicht? Ehrlich gesagt, mir hatte die Drei-Drinks-Abendessen-und-dann-ins-Bett-Tour nie so recht gefallen. Mädchen, die auf einen losgehen, als wären sie sechs Jahre im Gefängnis gewesen und gerade noch rechtzeitig entlassen worden, um ihr Make-up aufzulegen und einem auf den Beifahrersitz zu hüpfen. Breda – so hieß sie, Breda Drumhill, und allein dieser Klang, diese Silbenfolge ließen mich dahinschmelzen – war anders.

Endlich, zwei Wochen nach der Exkursion nach Rhinebeck, lud sie mich in ihre Wohnung ein. Cocktails, sagte sie. Abendessen. Ein ruhiger Abend vor dem Fernseher.

Sie wohnte in Croton, im Erdgeschoß eines renovierten Altbaus, eine halbe Meile vom Bahnhof entfernt, wo sie jeden Morgen in den Pendlerzug nach Manhattan stieg und zu ihrem Job als Redakteurin von ›Ethnologie heute‹ fuhr. Den Job hatte sie, seit sie vor sechs Jahren am Barnard College ihr Examen gemacht hatte (Doppelhauptfach in Rhetorik und Fremden Kulturen), und er paßte hervorragend zu ihrem Temperament. Ethnologen, die für ihre Feldstudien unter den Fluß-Dayak auf Borneo oder bei den Kurden in Kurdistan lebten, schickten ihr grammatikalisch haarsträubende Rohfassungen ihrer Beobachtungen, und sie gab den Texten den Schliff, den eine populärwissenschaftliche Zeitschrift erforderte. Natürlich spielten Schmutz und exotische Krankheiten in diesen Artikeln eine ebenso wichtige Rolle wie fremdartige Sitten und widerwärtige Bräuche. So etwa jeden zweiten Tag rief sie mich aus der Arbeit an und teilte mir mit einer Stimme, die ihre Erregung kaum verbergen konnte, die Details irgendeiner gräßlichen neuen Seuche mit, über die sie gerade las.

Als sie mich an der Tür empfing, trug sie einen Seidenkimono, der durch seinen tief geschwungenen Ausschnitt und zwei Drachen mit verschlungenen Schweifen auffiel. Das Haar hatte sie hochgesteckt, als wäre sie gerade aus der Badewanne gestiegen, und sie roch nach Desinfektionsmittel und pH-neutraler Seife. Sie küßte mich auf die Wange, nahm mir die Flasche Vouvray ab, die ich ihr entgegenhielt, und führte mich ins Wohnzimmer. »Chagas-Krankheit«, sagte sie mit einem breiten Lächeln, das ihre makellosen, ziemlich großen Zähne freilegte.

»Chagas-Krankheit?« sprach ich ihr nach und wußte nichts Rechtes mit mir anzufangen. Der Raum war spartanisch wie eine Mönchszelle. Zwei Stühle, ein kleines Sofa mit Beistelltischchen, alles aus Glas, Chrom und schwarzem Hartplastik. Keine Pflanze (»Der Himmel weiß, was für Insekten darauf herumkriechen – und dann die *Erde*, in der muß es ja vor Bakterien nur so wimmeln, ganz zu schweigen von Spinnen und Würmern und solchem Zeug«) und kein Teppich (»Eine Brutstätte für Flöhe, Zecken und Milben«).

Immer noch lächelnd geleitete sie mich zu dem Hartplastiksofa und setzte sich neben mich, den Vouvray im Schoß. »Südamerika«, flüsterte sie, und ihre Augen funkelten vor Erregung. »Im Dschungel. Man kriegt es von Wanzen – Raubwanzen heißen die, ist das nicht scharf? Diese Wanzen beißen einen, und dann, nachdem sie eine Weile gesaugt haben, machen sie dicht neben dem Einstich ihr großes Geschäft. Wenn man sich kratzt, kommt es in die Blutbahn, und irgendwann, etwa ein bis zwanzig Jahre später, kriegt man dann so eine Art Mittelding zwischen Malaria und Aids.«

»Und dann stirbt man«, sagte ich.

»Und dann stirbt man.«

Ihre Stimme klang jetzt düster. Sie lächelte nicht mehr. Was konnte ich sagen? Ich tätschelte ihre Hand und grinste sie an. »Schmatz«, sagte ich und zog eine Grimasse. »Was gibt's denn zum Essen?«

Sie servierte eine kalte Tofucreme-Suppe mit Karotten und kleine Sandwiches mit einem Linsenaufstrich als Hors-d'œuvre und ein Knoblauchsoufflé mit biologisch angebautem Gemüse als Hauptspeise. Danach kam ein Gläschen Cognac, der Großbild-Farbfernseher und ein Film mit dem Titel ›Jugend unter Glas‹ über einen Jungen, der in vollkommen antiseptischer Umgebung aufwuchs, weil er ohne Immunsystem zur Welt gekommen war. Niemand konnte ihn berühren. Selbst das leiseste Niesen eines anderen Menschen hätte ihn umgebracht. Während der ersten halben Stunde schniefte Breda leise vor sich hin, dann drückte sie meine Hand und schluchzte lauthals, als der Junge endlich doch unter der Glasglocke hervorkroch, sich etwa siebenunddreißig verschiedene Krankheiten einfing und noch vor dem nächsten Werbeblock starb. »Ich sehe diesen Film jetzt zum sechsten Mal«, sagte sie und rang um Beherrschung, »und er nimmt mich immer wieder mit. Was für ein Leben«, sagte sie und deutete mit ihrem Cognacschwenker auf den Fernseher,

»was für ein vollkommenes Leben. Beneidest du ihn nicht darum?«

Ich beneidete ihn nicht. Was ich beneidete, war der Jadeanhänger, der zwischen ihren Brüsten lag, und das sagte ich ihr auch.

Darauf hätte sie kichern oder tief Luft holen oder die Augen niederschlagen können, doch sie tat nichts dergleichen. Sie sah mich lange und bedächtig an, als träfe sie eine Entscheidung, dann errötete sie leicht, und das Blut verlieh ihrem Hals ein herrliches Fleckenmuster aus Rosa und Weiß. »Laß mir eine Minute Zeit«, bat sie geheimnisvoll und verschwand im Bad.

Ich war elektrisiert. Es war soweit. Endlich. Nach all den Schwüren, dem Händchenhalten, den kleinen Scherzen und Spielchen, nach all den zurückgelegten Meilen, verzehrten Mahlzeiten, durchmessenen Museen und gesehenen Filmen sollten wir uns nun endlich, ganz natürlich und würdevoll, vereinigen im höchsten Akt von Intimität und Liebe.

Mir war heiß. Auf meiner Stirn standen Schweißtropfen. Ich wußte nicht, ob ich aufstehen oder sitzen bleiben sollte. Und dann wurde das Licht schwächer, und da stand sie am Dimmerschalter.

Sie trug immer noch den Kimono, aber ihr Haar war nun noch fester hochgesteckt, in einem festen Knoten auf den Kopf gebunden, als hätte sie sich für eine Schlacht gerüstet. Und sie hielt etwas in der Hand – ein flaches, in Plastik gewickeltes Päckchen. Es raschelte in ihrer Hand, als sie durchs Zimmer kam.

»Wenn man verliebt ist, dann liebt man sich«, sagte sie und ließ sich neben mir auf dem steinharten Sofa nieder, »das ist ganz natürlich.« Sie reichte mir das Päckchen. »Ich möchte nicht, daß du einen falschen Eindruck von mir bekommst«, sagte sie mit heiserer, rauher Stimme, »nur weil ich vorsichtig und zurückhaltend bin und weil es auf der Welt so viel, na ja, Dreck gibt, aber ich habe auch meine leidenschaftliche Seite. Wirklich. Und ich liebe dich. Glaube ich.«

»Ja«, sagte ich und faßte nach ihr. Das Päckchen hatte ich fast wieder vergessen.

Wir küßten uns. Als ich ihr über den Nacken strich, fühlte ich etwas Seltsames, etwas sonderbar Reibendes, Faltiges, als wäre ihre Haut plötzlich zu Frischhaltefolie geworden, und dann lag ihre Hand auf meiner Brust.

»Warte«, raunte sie, »das, das Ding.«

Ich fuhr hoch. »Was für ein Ding?«

Trotz des gedämpften Lichtes sah ich, wie sie jetzt errötete. Sie war einfach süß, meine kleine Freundin, meine viktorianische Prinzessin. »Es kommt aus Schweden«, sagte sie.

Ich blickte auf das Päckchen in meinem Schoß. Es war eine durchsichtige, hauchdünne Plastikfolie, die in dem transparenten Päckchen zusammengefaltet lag wie eine Tüte für gefährlichen Sondermüll. Ich hielt es in die Höhe, vor ihre großen, unruhigen Augen. Ein verrückter Gedanke schoß mir durch den Kopf. Nein, dachte ich.

»Es ist das Neueste«, sagte sie und sprach jetzt ganz schnell, »das Sicherste ... ich meine, da kann einfach gar nichts mehr –«

Mein Gesicht brannte. »Nein«, sagte ich.

»Es ist ein Kondom«, erklärte sie mit ersten Tränen in den Augen. »Mein Arzt hat sie für mich bestellt, sie ... sie sind aus Schweden«. Ihr Gesicht legte sich in Falten, und sie begann zu weinen. »Es ist ein Kondom«, weinte sie, und sie schluchzte so heftig, daß ihr Kimono aufging und ich die Konturen des Dings auf der Rundung ihrer Brustwarzen sehen konnte, »ein Ganzkörperkondom.«

Ich war beleidigt. Das gebe ich zu. Es lag weniger an ihrer Angst vor Keimen und Ansteckung als daran, daß sie mir nach so langer Zeit noch nicht traute. Ich war sauber. Von Grund auf sauber. Ich war ein Mann von gemäßigten Gewohnheiten und guter Gesundheit, ich wechselte Unterwäsche und Socken täglich – bisweilen zweimal täglich –, und ich arbeitete mit sauberen, glasklaren, unzweideutigen Ziffern in einem Büro, von dem aus ich die Schuhhandelskette meines verstorbenen Vaters managte (und der war seinerzeit sauber gestorben, an Herzinfarkt, mit fündundsiebzig). »Aber Breda«, sagte ich und streckte die Hand nach ihr aus, um sie zu trösten und dabei ihre weiche, plastikumhüllte Brust zu streicheln, »vertraust du mir denn nicht? Glaubst du nicht an mich? Ich meine, liebst du mich etwa nicht?« Ich packte sie an den Schultern, hob ihren Kopf hoch und zwang sie, mir in die Augen zu sehen. »Ich bin sauber«, sagte ich. »Vertrau mir.«

Sie blickte beiseite. »Tu es für mich«, sagte sie ganz leise, »wenn du mich wirklich liebst.«

Letztendlich tat ich es. Ich sah sie an, wie sie weinte, für mich weinte, und ich sah auf die dünne Plastikschicht, die an ihr klebte, und ich tat es. Sie half mir in das Ding hinein, piekte zwei Atemlöcher für die Nase hinein, machte den Reißverschluß auf dem Rücken zu und zog es mir fest über den Kopf. Es paßte wie ein Taucheranzug. Und alles in allem – das Streicheln und die Zärtlichkeit und das allmähliche Nachgeben – war es genau so, wie ich es mir erhofft hatte.

Fast.

Am nächsten Tag rief sie mich von der Arbeit aus an. Ich tüftelte gerade mit den Verkaufszahlen herum und dachte an sie. »Hallo« sagte, vielmehr hauchte ich in den Hörer.

»Du mußt dir etwas anhören.« Ihre Stimme überschlug sich vor Begeisterung.

»Du«, unterbrach ich sie in leidenschaftlichem Flüsterton, »gestern abend, das war wirklich etwas Besonderes.«

»Ach ja«, sagte sie, »gestern abend. Ja, das war es. Und ich liebe dich, ja, schon ...« Sie machte eine Pause und atmete tief durch. »Aber jetzt hör dir das hier an: Gerade vorhin kam ein Text von einem Mann an, der mit seiner Frau in Niger bei den Tuareg lebt – das sind diese Leute, die mit ihrem Vieh herumziehen und den Dung für ihre Kochfeuer aufsammeln, ja?«

Ich zeigte meine Aufmerksamkeit mit einem leisen Brummen.

»Also, die bauen auch ihre Hütten aus Dung –

ist das nicht irre? Und jetzt paß auf: Wenn die Zeiten hart sind, wenn die Ernte verdorrt und die Rinder fast umfallen vor Schwäche, weißt du, was sie dann essen?«

»Laß mich raten«, sagte ich. »Dung?«

Sie stieß einen Juchzer aus. »Ja! Ja! Ist das nicht einfach unglaublich? Die *essen* Dung!«

Ich hatte mir etwas für sie aufgespart, eine Krankheit, von der mir ein befreundeter Arzt erzählt hatte. »Onchozerkose«, sagte ich. »Weißt du, was das ist?«

Ihre Stimme klang gespannt. »Erzähl's mir!«

»Gibt's in Südamerika und auch in Afrika. Eine winzige Mücke sticht einen, ihre Eier gelangen in die Blutbahn, und wenn die Eier schlüpfen, dann wandern die Larven – das sind so kleine weiße Würmer – zu den Augen hinauf, bis in die Bindehaut, so daß man direkt sehen kann, wie sie sich da drin ringeln.«

Am Ende der Leitung war es völlig still.

»Breda?«

»Das ist ekelhaft«, sagte sie. »Das ist wirklich ekelhaft.« Aber ich dachte doch –? Ich brach rasch ab. »Entschuldige«, sagte ich.

»Hör mal«, begann sie mit neuer Schärfe, »weswegen ich dich anrufe: Also, weil ich dich liebe, ich glaube, ich liebe dich, und ich möchte, daß du mit jemandem redest.«

»Klar«, sagte ich.

»Ich möchte, daß du mit Michael redest. Michael Maloney.«

»Klar. Wer ist das?«

Sie zögerte, überlegte einen kurzen Moment, so als wüßte sie, daß sie damit zu weit ging. »Mein Arzt«, sagte sie.

In die Liebe muß man investieren. Man muß sich fügen, sich unmerklich anpassen, Opfer bringen – die Liebe ist nichts ohne Opfer. Ich ging also zu Dr. Maloney. Warum nicht? Ich hatte Tofu gegessen, hatte Witze über Lepra und Bilharziose gerissen, als wäre ich immun, hatte in einer Plastiktüte gevögelt. Wenn es Breda glücklich machte – wenn es die nagende Furcht besänftigte, die sie Tag und Nacht quälte –, dann war es die Mühe wert.

Die Praxis war in Scarsdale in seinem Privathaus, einem zweifarbigen Gebäude im pseudoklassischen Stil mit gewundener Auffahrt und von Eichen umgeben, die so alt waren wie der Chrysler meines Großvaters. Maloney war ein junger Mann – ich schätzte ihn auf Ende Dreißig – mit rotem Bart, kahlrasiertem Kopf und einer übergroßen

Brille mit durchsichtigem Plastikgestell. Er gab mir sofort einen Termin – noch am Tag meines Anrufs – und empfing mich selbst an der Tür. »Breda hat mir von Ihnen erzählt«, sagte er, während er mich in das flutlichterhellte Gewölbe seiner Praxis geleitete. Er sah mich einen Augenblick lang prüfend an, murmelte dabei »Ja, ja« in seinen Bart und jagte mich dann, mit Hilfe seiner zwei Arzthelferinnen, Miss Archibald und Miss Slivovitz, durch eine ganze Serie von Tests, die einen Astronauten in Verlegenheit gebracht hätten.

Zuerst wurde ich überall vermessen, einschließlich Fingergelenke, Oberkiefer, Schädeldecke, Penis und Ohrläppchen. Als nächstes kamen Rektaluntersuchungen, EEG und Urinprobe. Und dann die Tests selbst. Streßtests, Epikutantests, Reflextests, Vitalkapazitätstests (ich blies gelbe Luftballons auf, bis sie platzten, dann pustete ich in eine Maschine von der Größe einer Hammondorgel), dann Röntgen, Spermaauszählen und ein eng bedruckter, vierundzwanzigseitiger Fragebogen mit Abschnitten über Träume, Abstammung, Logik und Denkvermögen. Natürlich nahm er mir auch Blut ab – um meine Organfunktionen zu überprüfen und frühere Erkrankungen zu verifizieren. »Wir testen Sie auf Antikörper gegen mehr als fünfzig Krankheiten«, sagte er, und seine Augen wichen mir hinter den Glaswänden seiner Brille aus. »Sie würden staunen, wie viele Leute sich anstecken, ohne es überhaupt zu merken.« Ich war mir nicht sicher, ob er scherzte oder nicht. Beim Hinausgehen ergriff er mich am Arm und sagte, er hätte die Ergebnisse in einer Woche.

Diese Woche war die glücklichste meines Lebens. Ich verbrachte jede Nacht mit Breda, und übers Wochenende fuhren wir nach Vermont in ein Hygiene-Zentrum, von dem ihr eine Cousine erzählt hatte. Wir aßen bei Kerzenlicht zu Abend – richtiges Essen –, und später zogen wir uns die Frischhaltefoliendinger über und liebten uns beschwingt und keimfrei. Ich wollte natürlich mehr – die Berührung von Haut auf Haut –, doch ich gab mich zufrieden, und ich war glücklich. Keine Eile, sagte ich mir. Alles zu seiner Zeit. Eines Nachts, als wir aneinandergekuschelt in der großen weißen Festung ihres Bettes lagen, zog ich mir die Kapuze des Plastikanzugs vom Kopf und fragte sie, ob sie irgendwann einmal genügend Vertrauen in mich haben würde, um auf die jahrhundertelang bewährte Weise mit mir zu schlafen, nackt und ungeschützt. Sie machte sich mühsam aus ihrer eigenen Hülle frei und sah zur Seite, wobei sie mir das unvergleichliche Patrizierprofil zuwandte. »Ja«, sagte sie ganz leise, »ja, natürlich. Sobald die Ergebnisse da sind.«

»Ergebnisse?«

Sie drehte sich zu mir und sah mir prüfend in die Augen. »Erzähl mir nicht, daß du das vergessen hast.«

Hatte ich aber. So hingerissen, so fieberhaft und leidenschaftlich, vor Liebe übersprudelnd, wie ich war, hatte ich es vergessen.

»Du Dummerchen«, murmelte sie und fuhr mit dem schmalen plastikgeschürzten Finger die Linie meiner Lippen nach. »Sagt dir denn der Name Michael Maloney nichts?«

Und dann brach alles über mir zusammen.

Ich rief sie an, und niemand hob ab. Ich versuchte es in der Redaktion, und die Sekretärin sagte, sie sei ausgegangen. Ich hinterließ Nachrichten für sie, sie rief nie zurück. Es war, als hätten wir einander nie gekannt, als wäre ich ein Fremder, ein Vertreter an der Haustür, ein Bettler auf der Straße.

Ich begann mit der Überwachung ihrer Wohnung. Eine volle Woche lang saß ich in meinem Auto und beobachtete ihre Haustür mit der fanatischen Inbrunst eines Pilgers vor dem heiligen

Schrein. Nichts. Weder kam sie noch ging sie. Ich ließ ihr Telefon stundenlang klingeln, quetschte ihre Freunde aus, suchte den Fahrstuhl, den Korridor und das Vorzimmer in ihrer Redaktion heim. Sie war verschwunden.

Verzweifelt rief ich schließlich bei ihrer Cousine in Larchmont an. Ich hatte sie einmal kennengelernt – ein biederes Hausmütterchen mit ausgebeulten Pullovern und finsterer Miene, bei der in den Genen ganz offenkundig alles schiefgelaufen war, was in Breda so glänzende Vollendung erlangt hatte – und wußte nicht, was ich zu ihr sagen sollte. Ich hatte mir eine Ansprache zurechtgelegt, in der meine Mutter in Phoenix im Sterben lag und die Firma kurz vor dem Konkurs stand, ich selbst zuviel trank und mich düsteren Gedanken an Selbstmord, Zerstörung und das Jüngste Gericht hingab, so daß ich einfach noch ein letztes Mal mit Breda sprechen müsse, ehe alles vorbei sei, und ob sie vielleicht zufällig etwas über ihren Verbleib wisse? Wie sich herausstellte, konnte ich auf die Ansprache verzichten. Breda hob den Hörer ab.

»Breda, ich bin's«, stieß ich gepreßt hervor. »Ich habe dich wie ein Verrückter gesucht.«

Schweigen.

»Breda, was ist denn los? Hast du meine Nachrichten nicht bekommen?«

Ihre Stimme klang zögernd und fern. »Ich kann mich nicht mehr mit dir treffen«, sagte sie.

»Nicht mehr mit mir treffen?« Ich war durcheinander, verletzt, wütend. »Wieso denn nicht?«

»All die vielen Füße«, sagte sie.

»Füße?« Ich brauchte eine Weile, bis mir klar wurde, daß sie meine Schuhfirma meinte. »Aber ich habe doch überhaupt nichts mit Füßen zu tun – ich arbeite in einem Büro. Wie du. Mit Klimaanlage und luftdichten Fenstern. Ich habe keinen fremden Fuß mehr angefaßt, seit ich sechzehn war.«

»Fußfäule«, sagte sie. »Schuppenflechte. Ekzeme. Hautmykose.«

»Was ist denn los? Die Untersuchung?« Meine Stimme überschlug sich vor Empörung. »Bin ich bei dieser blöden Untersuchung durchgefallen? Ist das der Grund?«

Sie antwortete einfach nicht.

Ein Schauer durchfuhr mich. »Was hat er gesagt? Was hat der Dreckskerl gesagt?«

In der Leitung ertönte ein fernes Ticken, der Puls von Zeit und Raum, das leise Schwingen von hundert Millionen Meilen Draht der Bell Telephone Company.

»Hör zu«, flehte ich, »treffen wir uns noch einmal, nur ein einziges Mal – mehr verlange ich nicht. Wir reden über alles. Wir könnten ein Picknick machen. Im Park. Wir könnten eine Decke ausbreiten und, und da könnten wir jeder auf einer Seite sitzen –«

»Lyme-Arthritis«, sagte sie.

»Lyme-Arthritis?«

»Durch Zecken übertragen. Von denen wimmelt es nur so im Gras. Später kriegt man Fazialislähmung und Meningitis: die Außenhaut des Gehirns geht auf wie Hefeteig.«

»Na, dann im Rockefeller Center«, schlug ich vor. »Beim Springbrunnen.«

Ihre Stimme war tonlos. »Tauben«, sagte sie. »Das sind praktisch fliegende Ratten.«

»Bei Helmut. Wir können uns in Helmuts Eisdiele treffen. Bitte. Ich liebe dich.«

»Tut mir leid.«

»Breda, bitte hör mich an. Wir waren uns doch so nahe –«

»Ja«, sagte sie, »wir waren uns nahe«, und ich dachte an jene erste Nacht in ihrer Wohnung, an ›Jugend unter Glas‹ und an den Plastikfolienanzug, dachte an das ganze wirbelnde Spektakel unserer Romanze, als ihre Stimme wie ein Hammer den

Nachsatz anfügte: »Aber so nahe nun auch wieder nicht.«

All Shook Up

Etwa eine Woche, nachdem das Schild »Zu vermieten« aus dem Fenster nebenan verschwunden war, bog ein hustensaftfarbener Lieferwagen von der Asphaltstraße ab und in die Auffahrt ein. Die Farbe haute mich nicht gerade um, ebensowenig die übergroßen Reifen mit den weißen Reliefbuchstaben, aber die bemalte Seitenfront war ein echter Blickfang: das lebensgroße Porträt eines Mannes mit aufgetürmten Haaren und einer Gitarre, unter dem die erklärenden Worte prangten: *Young Elvis, der Junge, der zu rocken wagte.* Als der Wagen hereinfuhr, saß ich gerade in der Küche, las die Zeitung zum zweitenmal durch und blies auf meine achte Tasse Kaffee. Ich machte Urlaub. Auch meine Frau machte Urlaub. Nur daß sie in Mill Valley, Kalifornien, mit einem Kerl namens Fred war und ich in Shrub Oak, New York.

Die Tür des Lieferwagens öffnete sich langsam, und ein Bürschlein um die Neunzehn stieg aus. Er trug eine schwarze Lederjacke mit hochgeklapptem Kragen, obwohl es über dreißig Grad gewesen sein müssen, und sein Haar war eine glänzende, blauschwarze Konstruktion aus Pomade und Haarspray, die sich über seinem Scheitel erhob wie ein Vogelnest auf einer Klippe. Das Mädchen stieg auf der anderen Seite aus, drückte sich um den Lieferwagen herum und blieb mit aufgerissenen Augen vor dem schludrig gestrichenen Cape-Cod-Häuschen stehen, als sei es mindestens Graceland. Sie war zierlich gebaut und unentschlossen, hatte große, schwarzgeränderte Augen wie Stichwunden. In ihren Armen hing, so schlapp und verformbar wie ein Netz Orangen, ein Baby. Es konnte nicht älter als sechs Monate sein.

Ich fischte drei Bier aus dem Kühlschrank, schob mich durch die Fliegentür und ging über den Rasen zur Auffahrt, wo sie etwas verloren dicht beieinanderstanden. »Willkommen in der Gegend«, sagte ich und streckte die Flaschen hin.

Der Junge trug schwarze Stiefeletten. Er bohrte die Spitze der rechten in den Asphalt, als träte er eine Zigarette aus, sah dann auf und sagte: »Ich trinke nicht.«

»Wie steht's mit dir?« grinste ich das Mädchen an.

»Klar, danke«, sagte sie, indem sie eine schlanke geäderte Hand mit vielen lackierten Nägeln ausstreckte. Sie warf dem Jungen einen Blick zu, nahm dann das Bier, prostete mir zwinkernd zu und führte es an die Lippen. Das Baby tat keinen Mucks.

Ich kam mir etwas blöd vor mit den zwei offenen Flaschen, also stellte ich eine davon vorsichtig ins Gras, richtete mich dann wieder auf und nahm einen Schluck aus der anderen. »Patrick«, sagte ich und streckte die Hand aus.

Der Junge nahm sie und nickte, was eine glänzende, feuchte, über der Stirn freihängende Schmalzlocke zum Schwingen brachte. »Joey Greco«, sagte er. »Angenehm. Das hier ist Cindy.«

Es war etwas Merkwürdiges an seiner Stimme – an der Tonlage ebenso wie am Akzent. Zum einen war sie überraschend tief, als bemühte er sich um besondere Resonanz oder als imitierte er jemanden. Und dann konnte ich seinen Akzent nicht so recht einordnen. Ich schenkte Cindy ein strahlendes Willkommenslächeln und drehte mich dann wieder zu ihm. »Aus dem Süden?« fragte ich.

Die Schuhspitze fing wieder an zu bohren, und die Andeutung eines Lächelns zog an einem Mundwinkel, wurde aber unterdrückt. Als er zu mir aufsah, war Leben in seinen Augen. »Nein«, sagte er. »Nicht direkt.«

Ein Eichelhäher flog kreischend aus dem Ahorn hinter meinem Haus, zog eine Schleife über uns und verschwand in der Hecke. Ich nahm noch einen Schluck Bier. Das Gesicht fing mir langsam an weh zu tun von dem vielen Grinsen, und ich fühlte, wie mir der Schweiß aus der Achselhöhle in mein letztes sauberes T-Shirt sickerte.

»Nein«, sagte er noch mal, und seine Stimme war jetzt eine Spur höher: »Ich bin aus Brooklyn.«

Zwei Tage später lag ich hinten im Garten in der Hängematte und las einen Thriller über einen Doppelagenten, der für eine Weile Tripelagent wird, dann entlarvt, verfolgt, geschnappt und schließlich durch Folter dazu überredet wird, Quadrupelagent zu werden, woraufhin seine Frau ihn verläßt und seine Kinder ihren Nachnamen ändern. Ich war außerdem damit beschäftigt, mich durch die Flasche Chivas Regal zu trinken, die Fred meiner Frau zu Weihnachten geschenkt hatte, und mir nachdenklich Sonnenmilch in den Bauchnabel zu reiben. Die Klingel überraschte mich. Ich setzte mich auf, pflückte mir ein Blatt vom Ahorn als Lesezeichen und stapfte, barfuß und in farbfleckigen abgeschnittenen Jeans, um das Haus herum.

Cindy stand vor der Tür, mit dem Rücken zu mir, und lugte durch das Fliegengitter. Zuerst erkannte ich sie nicht: Sie sah verwaist, verloren aus, ein Pfadfindermädchen, das in einem fremden Viertel mit Keksen hausiert. Gerade als ich etwas sagen wollte, drückte sie noch einmal auf die Klingel. »Hallo«, rief sie, indem sie die Hände zu einem Schalltrichter formte und sich gegen die Fliegentür lehnte.

Das Glockenspiel erzeugte eine blecherne Reproduktion der ersten sieben Töne von ›Camptown Races‹, ein Effekt, den meine Frau reizend gefunden hatte; ich machte mir in Gedanken eine Notiz, morgen als erstes das Ding abzuschalten. »Jemand zu Haus?« rief Cindy.

»Hallo«, sagte ich und sah ihr zu, wie sie einen Satz machte. »Suchst du mich?«

»Oh«, keuchte sie und wirbelte lachend herum. »Hi.« Sie trug ein rückenfreies Top und eine Turnhose, ihr Haar war hochgesteckt, und ihre vollkommenen Zehlein sahen frisch lackiert aus. »Patrick, stimmt's?« sagte sie.

»Stimmt«, sagte ich. »Und du bist Cindy.«

Sie nickte und bedachte mich mit der Art Blick, die man von einem Herrenausstatter bekommt, wenn man nach einem Anzug fragt. »Hübsch braun.«

Ich sah auf meine Füße, rieb mir eine glitschige Hand über die Brust. »Ich mache Urlaub.«

»Das ist Spitze«, sagte sie. »Von was?«

»Ich arbeite in der High-School. Ich mach die Beratung.«

»Oh, stark«, sagte sie, »das ist echt Spitze.« Sie stieg von der Veranda herunter. »Im Ernst – das ist schon was.« Und dann: »Bist du nicht etwas jung, um Schülerberater zu sein?«

»Ich bin neunundzwanzig.«

»Du machst Witze, was? Sieht man dir gar nicht an. Echt. Ich hätt dich vielleicht auf fünfundzwanzig geschätzt oder so um den Dreh.« Zögernd berührte sie mit der flachen Hand ihr Haar, einmal ringsum, als wollte sie sich vergewissern, daß noch alles da war. »Na, jedenfalls, was ich fragen wollte ist, ob du Lust hättest, heute abend zum Essen zu uns rüberzukommen.«

Ich war halb betrunken, der Thriller war so thrillend nicht, und ich hatte seit vier Tagen Haus oder Garten nicht verlassen. »Wieviel Uhr?« fragte ich.

»So sechs rum.«

Es trat eine Pause ein, während man die Vögel in den Bäumen sich gegenseitig verfluchen hören konnte. Ein paar Häuser weiter warf jemand einen

Rasenmäher an. »Okay, hör mal, ich muß das Fleisch aufsetzen«, sagte sie und machte sich schon auf den Weg. Dann fiel ihr aber noch etwas ein, und sie drehte sich wieder um. »Hätte ich beinah vergessen: Bist du verheiratet?«

Sie muß das Zögern auf meinem Gesicht gesehen haben.

»Weil, wenn ja, ich meine, dann ist sie auch eingeladen.« Sie stand da und sah mich an. Ihre Augen waren grau, und im rechten war eine violette Uhr. Die Zeiger standen auf halb vier.

»Ja«, sagte ich schließlich, »bin ich.« Ein sirrender Abpraller und ein von Herzen kommender, gutturaler Fluch ertönten, als der unsichtbare Rasenmäher gegen einen Stein stieß. »Aber meine Frau ist weg. In Urlaub.«

Ich war in dem Haus erst einmal gewesen, vor fast acht Jahren. Damals hatten die McCareys dort gewohnt, und Judy und ich hatten gerade unseren Abschluß am staatlichen Lehrercollege gemacht. Wir waren seit zwei Wochen verheiratet, die Welt war frisch aus dem Nichts erschaffen, und wir waren dabei, in unser neues Heim einzuziehen. Ich stand in der Einfahrt und lud Kartons mit Hochzeitsbeute aus dem Kofferraum aus, als Henry Mc-

Carey über den Rasen angeschlendert kam, um sich vorzustellen. Er muß um die Fünfundsiebzig gewesen sein. Seine blasse, kahle Stirn wölbte sich von den Augenbrauen empor und zurück wie ein Helm, kantig und beeindruckend, aber von den Jochbeinen abwärts war das Fleisch in sich zusammengefallen, was sein Gesicht falsch zusammengesetzt aussehen ließ. Er trug eine stahlgeränderte Brille. »Wenn Sie eine Minute Zeit haben«, sagte er, »würden wir Ihnen und Ihrer Frau gern etwas zeigen.« Ich sah auf. Henrys Frau Irma stand, von der Tür eingerahmt, hinter ihm. Ihr Haar war zu einem Knoten aufgesteckt, und sie trug ein Kleid aus bedrucktem Stoff, das bis zum Rand ihrer weißen Frotteesocken reichte.

Ich rief Judy. Sie lächelte, ich lächelte, Harry lächelte; Irma hielt uns lächelnd die Tür auf, und plötzlich standen wir im dunklen, vollgestopften Wohnzimmer mit seinen viel zu vielen Möbeln, seinen gerahmten Fotografien vergangener Epochen und seinen Nippsachen. Irma fragte, ob sie uns eine Tasse Tee anbieten könnte. »Hier drüben«, sagte Henry und winkte aus der hinteren Ecke des Zimmers.

Wir tasteten uns vor, lächelnd, aber mit einem unbehaglichen Gefühl. Wir waren zweiundzwanzig, ganz berauscht vor Verliebtheit und Selbstvertrauen, und diese Leute ließen unsere Großeltern jung erscheinen. Ich wußte nicht, worüber ich mit ihnen reden oder wie ich mich verhalten sollte: Ich wollte zurück zum Auto und den auf dem Rasen gestapelten Kartons.

Henry stand vor einem Glaskasten, der auf einem Hügel von Zierdeckchen auf einem wacklig aussehenden Ecktisch ruhte. Er machte sich für einen Augenblick dahinter zu schaffen, und dann fing ein weißes elektrisches Weihnachtskerzchen im Glaskasten an zu flackern. Ich sah ein silbernes kellenartiges Ding mit einer Inschrift darauf und einen runzligen, versteinerten Klumpen von etwas, das so aussah, als ob es einst organischer Natur gewesen sein könnte. Es dauerte einen Moment, bis ich begriff, daß es ein Stück Hochzeitstorte war.

»Es ist von unserer goldenen Hochzeit«, sagte Henry, »vor sechs Jahren. Und das da ist das Tortenmesser – können Sie erkennen, was darauf steht?«

Ich fühlte mich wie betäubt, fühlte mich, als hätte ich in der Erde herumgestochert und die Spuren einer vergessenen Kultur freigelegt. Ich warf Judy einen verstohlenen Blick zu. Sie war erstarrt, ihre Züge verzerrt, als müßte sie gleich weinen: Sie war so schön, so hingerissen, so bewegt von dem Augenblick und seinen Omina, daß auch ich einen Kloß im Hals verspürte. Sie nahm meine Hand.

»Da steht: ›Henry und Irma, 1926-1976, semper fidelis.‹ Das am Schluß, das ist lateinisch«, fügte Henry hinzu, und dann übersetzte er für uns.

Jetzt lagen die Dinge anders.

Ich klopfte an die leichte Alu-Windfangtür, und Joey wippte hinter dem dunklen Maschengitter in Sicht. Er trug eine enge schwarze Sportjacke mit hochgeklapptem Kragen, ein pinkfarbenes Hemd und eine schwarze Hose mit pinkfarbenen Blitzstrahlen, die längs der Außennähte hochzackten. Im ersten Moment schien er mich nicht zu erkennen, und für einen Augenblick, wie ich da in abgeschnittenen Jeans und T-Shirt mit einer halben Flasche Chivas in der Hand herumstand, fühlte ich mich eher wie ein Eindringling als wie ein willkommener Gast – sie *hatte* doch heute abend gesagt, oder? –, aber dann neigte er schon grüßend den Kopf und öffnete die Tür, um mich einzulassen.

»Schön, daß es geklappt hat«, sagte er ohne Begeisterung.

»Ja, find ich auch«, hauchte ich, während ich mich fragte, ob ich gerade dabei war, einen Fehler zu machen.

Ich folgte ihm ins Wohnzimmer, wo eingedrückte Kartons und mit Unterwäsche und Pullovern vollgestopfte grüne Plastiksäcke Zeugnis von einer ewigen Umzugsodyssee ablegten. Der Raum war noch genauso eng und dunkel, wie ich ihn in Erinnerung hatte, aber wo einst Zierdeckchen, Nippsachen und Beistelltischchen mit geschnitzten Füßen gewesen waren, standen jetzt ein schottisch kariertes Sofa, ein Heimtrainer und ein schmutziger grauweißer Erbsensacksessel. Fort war der Altar ehelicher Treue, ersetzt durch einen Fender-Verstärker, einen Mikrophonständer und eine akustische Gitarre mit Kapodaster und Tonabnehmer. (Auch Henry war fort, an einem Emphysem gestorben, und Irma wohnte in einem Pflegeheim am anderen Ende der Stadt.) Es gab eine Anlage mit großen schwarzen monolithischen Boxen, und die Wände waren mit Elvis-Postern behängt. Ich sah Joey an. Er posierte neben einem hämisch die Oberlippe verbiegenden jungen Elvis und wippte auf den Absätzen seiner Stiefel vor und zurück. »Ganz schön scharf«, sagte ich, indem ich auf seine Kluft zeigte.

»Oh, das?« sagte er, wie überrascht darüber, daß es mir aufgefallen war. »Ich war beim Proben – Kostüme anprobiert und so.«

Ich war zu dem Schluß gelangt, daß er so was wie ein Elvis-Imitator war, nach dem Lieferwagen, der Kleidung und dem zugelegten Akzent zu urteilen, aber abgesehen von den Haaren konnte ich wirklich keine allzu große Ähnlichkeit zwischen ihm und dem King feststellen. »Du, äh – du machst eine Elvisnummer?«

Er sah mich an, als hätte ich gerade gefragt, ob das Ding da über unseren Köpfen die Zimmerdecke war. Schließlich sagte er bloß: »Yeah.«

In diesem Augenblick kam Cindy aus der Küche heraus. Sie hatte ein weißes Bauernkleid und Sandalen an und hielt ein Glas Wein in der einen Hand und einen Zucchino von der Größe eines überdimensionalen Baseballschlägers in der anderen. »Patrick«, sagte sie und durchquerte das Zimmer, um meine Wange mit einem Kuß zu streifen. Ich umarmte sie rituell – man hätte meinen können, daß wir uns seit zehn Jahren kannten – und hielt sie einen Augenblick lang fest, während Joey und Elvis zusahen. Als sie einen Schritt zurücktrat, roch ich einen Hauch von Parfüm und Alkohol. »Du magst Zucchini?« fragte sie.

»M-hm, klar.« Ich fragte mich, was ich mit meinen Händen anfangen sollte. Plötzlich fiel mir die Flasche wieder ein, und ich hielt sie hoch wie einen selbst erlegten Truthahn. »Das habe ich für dich mitgebracht.«

Cindy machte ein, zwei liebenswürdige Geräusche, ich zuckte abschätzig die Schultern – »Ist nur halb voll«, meinte ich –, und Joey bohrte seine Schuhspitze in den Teppich. Vielleicht bildete ich mir das nur ein, aber er schien unruhig zu sein, sich über irgendwas aufzuregen.

»Wie lang dauert's noch bis zum Essen?« fragte er, wobei sich ein näselndes halbwüchsiges Wimmern in den Nashville-Baß einschlich.

Cindys Augen flackerten unsicher. Sie stürzte den Wein in einem Schluck hinunter und hielt mir dann das Glas zum Nachfüllen hin. Mit Scotch. »Ich weiß nicht«, sagte sie, das Glas betrachtend. »Halbe Stunde.«

»Weil ich denke, ich müßte noch an ein paar Stücken arbeiten.« Sie warf ihm einen Blick zu. Ich kannte keinen von beiden gut genug, um zu wissen, was er bedeutete. Der Blick hätte ebensogut »Fick dich selbst« wie »Ich bin ganz verrückt nach dir und Elvis« sagen können – ich konnte es nicht entscheiden.

»Kein Problem«, sagte sie schließlich und nippte an ihrem Drink, den Zucchino unter den Arm geklemmt. »Patrick wollte mir sowieso in der Küche helfen – stimmt's, Patrick?«

»Klar«, sagte ich.

Bei Tisch schnitt Joey ein Stück von seiner *braciola* ab, führte eine Gabel Tomaten, Paprika und Zucchini an die Lippen und sprach über Elvis. »Er war der meistfotografierte Mann aller Zeiten. Er hatte zweiundsechzig Autos und über hundert Gitarren.« Gabel, Messer, Fleisch, Gemüse. »Er war der größte, den es je gegeben hat.«

Davon war mir nichts bekannt. Als ich mich von Luftgewehren und Minibikes verabschiedet und angefangen hatte, mich für Rock and Roll zu interessieren, waren es die Doors, die Stones und Hendrix gewesen, und Elvis war bereits dabei, zur Karikatur seiner selbst zu degenerieren. Ich hatte ihn als einen aufgeschwemmten alten Exstar in weißem Overall in Erinnerung, der schmalzige Balladen schnulzte und Frauen mittleren Alters besabberte. Außerdem war ich dank dem Chivas und der Flasche Roten, die Cindy zum Essen aufgemacht hatte, schon ganz schön hinüber. »Hmpf«, war so ziemlich alles, was ich zuwege brachte.

Eine Dreiviertelstunde lang, während ich auf einem rissigen Vinylbarhocker an der Küchentheke gesessen, Gemüse schneiden geholfen und mit Cindy Geschichten ausgetauscht hatte, war Joeys Wiedergabe von Elvis-Klassikern (insgesamt ein halbes Dutzend) zu hören gewesen. Er war im Wohnzimmer und donnerte; ich saß in der Küche und trank. Ab und an gönnte er der Gitarre ein Päuschen oder trat vom Mikrophon zurück, und dann konnte ich den echten Elvis hören, der leise im Hintergrund stöhnte: *»Don't be cruel / To a heart that's true* oder *You ain't nothin' but a hound dog.*«

»Er ist ziemlich gut«, sagte ich zu Cindy nach einer besonders donnernden Wiedergabe von ›Jailhouse Rock‹. Ich machte Konversation.

Sie zuckte die Achseln. »Ja, ist er wohl«, sagte sie. Das Baby lag in einer tragbaren Wiege am Fenster und gab zarte Ausdünstungen von Fäkalien und Urin von sich. Vermutlich schlief es. Wäre der Geruch nicht gewesen, hätte ich darauf getippt, daß es tot war. »Wir mußten heiraten, weißt du«, sagte sie.

Ich machte eine abwehrende Geste, bemühte mich um einen überraschten Gesichtsausdruck. Selbstredend hatten sie heiraten müssen. Ich hatte schon Hunderte von Mädchen wie sie gesehen – sie zogen durch das Beratungszimmer wie Schwärme noch nicht flügger Vögel, die grundsätzlich in die falsche Richtung flogen, nach Norden im Winter, nach Süden im Sommer. Da hingen sie krumm, mager, mit tief in den Höhlen liegenden Augen und geschminkt wie Revuegirls oder Huren im Sessel in meinem Büro und erzählten mir ihre Geschichte. Sie hielten sich für flippig und verkommen, dünkten sich nihilistisch und ausschweifend, bildeten sich ein, sie hätten den Sex erfunden. Zwei Jahre später waren sie Hausfrauen mit Kleinkindern und Kombi. Zwei Jahre darauf waren sie geschieden.

»Das erste Mal, daß ich Elvis gehört habe, jedenfalls das erste Mal, an das ich mich erinner«, sagte Joey jetzt, »war im Dezember '68, als er dieses Konzert im Fernsehen gab – das Singer Special. Das haute mich um. Ich konnt's einfach nicht glauben.«

»Achtundsechzig?« echote ich. »Was warst du da, vier?«

Cindy kicherte. Ich sah sie mit einem rührseligen Grinsen im Gesicht an. Ich war betrunken.

Joey zuckte nicht mit der Wimper. »Ich war sieben«, sagte er. Und dann: »An dem Tag hörte ich auf, ein Kind zu sein.« Er hatte sich eine Serviette in den Kragen gesteckt, um sein pinkfarbenes Hemd zu schützen, und Haarsträhnen hingen ihm in die Stirn. »Am nächsten Tag hat meine Mom ›Elvis's Greatest Hits, Volume One‹ geholt, und eine Woche später hat sie mir meine erste Gitarre besorgt. Seit damals bin ich voll drauf.«

Joey sah mich die ganze Zeit scharf an. Er versuchte mich zu beeindrucken; soviel war klar. Deswegen hatte er die Kluft angezogen, grünen Lidschatten aufgetragen, sich die Haare pomadisiert und sein Repertoire im Nebenzimmer runtergerasselt, so daß ich nicht anders konnte, als mir jeden Ton anzuhören. Aber irgendwie war ich gar nicht beeindruckt. Ob's nun der Schnaps war, meine Gleichgültigkeit Elvis gegenüber oder die Angst und Abscheu, die mich seit Judys Desertion nicht mehr losgelassen hatten, konnte ich nicht sagen. Nur soviel wußte ich, daß ich auf das Ganze schiß. Auf Elvis, auf Joey, auf Fred, Judy, Little Richard und Leonhard Bernstein. Auf jeden. Schweigend schlürfte ich meinen Wein.

»Mein Agent versucht mich in die Catskills zu vermitteln – paar von den Ferienorten und so. Er sagt, meine Nummer ist echt heiß.« Joey betupfte sich den Mund mit der Serviette, hob ein Glas Milch an die Lippen und nahm einen raschen Schluck. »In 'ner knappen Woche spiele ich da oben vor, im Brown's. Na, und zum Aufwärmen hab ich Freitag abend diesen Gig gekriegt – nix Großes, nur so'ne Bruchbude irgendwo in der Pampa. Ist drüben in Brewster – schon mal davon gehört?«

»Von der Pampa oder Brewster?« fragte ich.

»Nein, ernsthaft, warum kommst du nicht vorbei?«

Cindy beobachtete mich. Früher am Abend, am Hackbrett, hatte sie mich über dieses und jenes informiert. Sie war zwanzig. Joey einundzwanzig. Ihr Vater besaß ein Bauunternehmen in Putnam Valley und hatte ihnen mit dem Haus unter die Arme gegriffen. Joey hatte sie vorigen Sommer in Brooklyn kennengelernt, als sie bei ihrer Cousine zu Besuch gewesen war. Damals spielte er in einer Band. Jetzt machte er auf Elvis. Sonst nichts. Er hatte Gigs in der City und draußen auf Long Island gehabt, aber er verdiente nichts und weigerte sich, nebenher zu jobben: nur Stümper täten das. Also waren sie hierher ins Hinterland gezogen, wo ihr Vater dafür sorgen konnte, daß sie nicht verhungerten, und Cindy als Sekretärin in seinem Büro arbeiten konnte. Sie hofften, die Brewster-Sache würde ankommen – hier oben hatte niemand allzuviel mit Elvis am Hut.

Ich kaute, schluckte, spülte es mit etwas Wein

hinunter. »Klingt gut«, sagte ich. »Ich werd da sein.«

Später, nachdem Joey ins Bett gegangen war, saßen Cindy und ich Seite an Seite auf dem karierten Sofa und hörten uns die Kassette mit ›Schwanensee‹ an, die ich von nebenan geholt hatte (»Etwas Leises«, hatte sie gesagt. »Hast du etwas Leises?«). Wir tranken Kaffee und einen zuckrigen gelblichen Likör, den sie aus einem der Kartons mit Küchensachen ausgegraben hatte. Wir hatten geredet. Ich hatte ihr von Judy erzählt. Und Fred. Hatte ihr erzählt, daß ich mich ganz schön beschissen fühlte und wie froh ich war, daß sie hierhergezogen war. »Wirklich«, sagte ich, »im Ernst. Und ich bin dir auch wirklich dankbar für die Einladung.«

Sie saß direkt neben mir in ihrem Bauernkleid, die Arme nackt, die Beine wie ein Yogi gekreuzt. »Alles klar«, sagte sie, indem sie mir in die Augen sah.

Ich wandte den Blick ab und sah Elvis. Sah ihn kauern, sich ducken, das Mikrophon begatten und Moschus über die ersten drei Reihen verspritzen, Elvis in voller Brunst. »Und wie findest du das Ganze hier« – ich faßte mit einer Armbewegung Poster, Gitarre und Verstärker, den undefinierbaren Raum über uns, wo Joey schlief, zusammen – »ich meine, mit dem King zusammzuleben?« Ich lachte und hielt ihr die locker geballte Faust unter das Kinn. »Nur zu, meine Liebe – sprechen Sie direkt ins Mikro.«

Da überraschte sie mich. Ihr Gesichtsausdruck war todernst, Frivolität war nicht angebracht. Langsam, mit Bedacht, stellte sie ihre Kaffeetasse ab, beugte sich vor und drehte sich so herum, daß sie jetzt neben mir auf dem Sofa kniete; dann schwang sie ein Bein hoch, als bestiege sie ein Pferd, und senkte das Knie sanft zwischen meine Beine, bis ich fühlte, wie der Druck meiner Leistengegend entflammte. Aus den Lautsprechern hörte ich die Schwanenmädchen rauschend auffliegen. »Es ist, wie mit einem Klon verheiratet zu sein«, flüsterte sie.

Als ich heimkam, hörte ich das Telefon klingeln. Ich knallte durch die Haustür, stolperte im Dunkeln über irgend etwas und rannte, immer zwei Stufen auf einmal, die Treppe zum Schlafzimmer hoch. »Ja«, sagte ich außer Atem, kaum daß ich den Hörer von der Gabel gerissen hatte.

»Pat?«

Es war Judy. Ehe ich reagieren konnte, fiel ihre Stimme über mich her, weich und leidenschaftlich, Silben, die mich wie Finger kneteten. »Pat, hör zu«, sagte sie. »Ich muß dir was erklären –«

Ich legte auf.

Der Klub hieß Delvecchio's, und er lag inmitten einer leeren Asphaltfläche wie ein Vergnügungsdampfer auf einem glatten schwarzen Meer. Es war eine große Angelegenheit, mit zwei getrennten Bühnen, einer Disko, drei Bars und einem Spielsalon. Ich erkannte es sofort: Teenager-Nirvana. Neon pulsierte, zerschrammte Chevys röhrten im Vordergrund, Typen in Hawaiihemden und Mädchen auf Pfennigabsätzen standen vor der Tür herum, rauchten Joints und Zigaretten und musterten einander mit eisigen Augen. Als Cindy und ich gegen neun vorfuhren, begann sich der Parkplatz schon zu füllen.

»Gerammelt voll mit Sechzehnjährigen heute abend«, sagte ich. »Soll ich den Motor aufheulen lassen?«

Cindy hatte eine ärmellose Bluse an, Radlerhosen und Stöckelschuhe. Sie hatte sich so geschminkt, als sei sie dem Cover von ›Slash‹ entsprungen, und sie roch wie ein ganzer Süßwarenladen. »Komm schon, Pat«, sagte sie im heiseren Flüsterton. »Sei nicht so.«

»Wie so?« fragte ich, aber ich wußte, was sie meinte. Wir waren hier, um uns zu amüsieren, um Joey an seinem großen Abend zu hören, und es gab keinen Grund, die Stimmung durch Zynismen zu verderben.

Joey war mit dem Lieferwagen vorgefahren, um seine Anlage aufzubauen und einen Soundcheck zu machen. Früher am Abend war er extra noch mal zurückgekommen, um mich zu fragen, ob es mir was ausmachen würde, Cindy zum Klub mitzunehmen. Er war direkt hinter der Schwelle stehengeblieben, arbeitete mit der Spitze seines Lackschuhs und starrte an mir vorbei auf das Chaos, das Judys Abwesenheit verursacht hatte: die auf dem Fernseher gestapelten Pappbehälter vom Fastfood-Chinesen, die Bierflaschen und Devil-Dog-Verpackungen auf dem Couchtisch, die Kleidungsstücke, die wie nach einer Überschwemmung überall verstreut herumlagen. Ich sah ihm in die Augen und fragte mich, wieviel von der leidenschaftlichen Fummelei, die Cindy und ich, während er seinem Schönheitsschlaf nachging, an dem Abend praktiziert hatten, er wohl wußte, fragte mich, ob er auch nur den blassesten Schimmer davon hatte, daß ich mich böse und verraten fühlte und seine Frau wollte, weil ich Wunden zu lecken hatte und weil sie eben da war, sie wie eine verbotene Frucht wollte – sie wollte, wie ich die Hälfte der angebufften, ausgelaugten, herausfordernden kleinen Gänse gewollt hatte, die jedes Jahr durch mein Büro defilierten. Er starrte mir in die Augen, bis ich wegsah. »Kein Problem«, murmelte ich. Wenn er Marke spielte, konnte ich den Tristan geben. »Mach ich gern.«

Und so schlenderte ich Punkt acht, nachdem ich geduscht und mich rasiert, mir die Haare angeklatscht und den Kragen meines Lieblings-Gigolohemdes hochgeschlagen hatte, über den Rasen, um sie abzuholen. Das Baby (es hieß Gladys, nach Elvis' Mutter) wurde der Obhut eines der unzähligen pubertierenden Mädchen, die ich von der Schule her kannte, anvertraut. Cindy stöckelte auf forschen Absätzen aus dem Schlafzimmer, um mir ein Küßchen auf die Wange zu stippen, und wir schlenderten über den Rasen hinüber zu meinem Auto.

Es herrschte ein verlegenes Schweigen. Auch wenn wir seit der Nacht der *braciola* und des Sofas ein-, zweimal miteinander geredet hatten, war *darüber* kein Wort zwischen uns gefallen. Wir hatten ziemlich heftig geschmust und Petting gemacht, hatten ein Gespür für des anderen Gebiß und einen Vorgeschmack von Hingabe bekommen. Den Rückzieher hatte ich gemacht. Ich hatte plötzlich eine Vision von Joey, der im Pyjama in der Tür stand, das Haupt gebeugt unter der Last seiner Pompadourtolle. »Was ist mit Joey«, flüsterte ich, und wir beide schwenkten den Kopf nach oben und starrten zur platten, nichtssagenden Zimmerdecke. Dann stand ich auf und ging nach Hause schlafen.

Jetzt, als wir den Wagen erreichten und ich ihr die Tür aufhielt, fiel mir etwas ein, was ich sagen konnte. »Ich kann's selbst nicht glauben« – ich lachte herzlich, lustig, mit sämtlichen Zähnen –, »aber ich fühle mich so, als hätte ich ein Rendezvous oder was in der Art.«

Cindy legte nur den Kopf ein wenig schief und bedachte mich mit einem kleinen süffisanten Lächeln. »Hast du auch«, sagte sie.

Sie hatten Joey für den »Troubadour Room« vorgesehen, einen Raum mit Platz für sechzig, siebzig Leute und der Atmosphäre eines kleinen Klubs. Komiker traten hier gelegentlich auf, ab und an auch ein Folk- oder Balladensänger – Künstler, von denen man wohl erwartete, daß sie ein etwas älteres, gesetzteres Publikum anziehen würden. Die eigentliche Action spielte sich ganz offensichtlich im großen Saal ab, wo die Rockgruppen auftraten, oder in der stampfenden Traumwelt der Disko. Wir brauchten uns nicht direkt um einen Sitzplatz zu prügeln.

Cindy bestellte sich einen Black Russian. Ich blieb bei Scotch. Wir redeten über Elvis, Joey, Rock and Roll. Wir redeten über Gladys, die so frühreif war, und ihre Babywonnen, die mit Babytraumata abwechselten. Wir redeten über die Aquarelle, die Cindy auf der High-School gemalt hatte, und darüber, wie gern sie wieder damit anfangen würde. Wir redeten über Judy. Über Fred. Über Schülerberatung. Wir waren bei unserem dritten Drink – vielleicht war es auch schon der vierte – angelangt, als die Bühnenbeleuchtung aufflammte und der Conférencier Joey ankündigte.

»Aufgeregt?« fragte ich.

Sie zuckte die Achseln und ließ für einen Moment die Augen über die Bühne wandern, als Drummer, Baßmann und Gitarrist ihre Plätze einnahmen. Dann fand sie meine Hand unter dem Tisch und drückte sie kurz.

In diesem Augenblick wirbelte Joey aus der Kulisse hervor und sprang das Mikro an, als sei es lebendig. Er trug einen senffarbenen, mit Goldglitzer überstäubten Anzug, einen goldglänzenden Schlips und Halbschuhe aus weißem Lackleder. Für einen Moment stand er einfach nur so da und bemühte sich nach Kräften, jene spezielle gesetzlose Sinnlichkeit auszustrahlen, die Elvis' Markenzeichen gewesen war, schaffte es aber nur, linkisch zu wirken, wie ein für ein Kostümfest herausgeputztes Kind. Immerhin hatte er die Bewegungen drauf. Plötzlich schoß seine rechte Faust senkrecht in die Höhe, und die Musiker erstarrten; er schenkte uns sein bestes Hohngrinsen, dann fuhr seine Faust der Gitarre krachend übers Gesicht, die Band stolperte in ›Heartbreak Hotel‹, und Joey warf den Kopf zurück und legte los.

Nichts passierte.

Die Band dröhnte noch wirr ein, zwei Takte weiter und verstummte dann, derweil Joey dastand, gegen das Mikrophon klopfte und eine alberne Figur machte.

»AC/DC!« rief jemand aus der Dunkelheit zu meiner Linken.

»Def Leppard!«

Der Conférencier, ein Bursche mit schütterem Haar im Blumenhemd hastete auf die Bühne und machte sich kauernd am Ständer des altmodischen

Mikros zu schaffen, auf dem Joey der Authentizität wegen bestanden hatte. Jemand schrie eine Obszönität, und Joey kehrte dem Saal den Rücken. Es ertönten weitere Rufe nach Heavy-Metal-Gruppen, Frotzeleien und Gelächter. Die anderen Bandmitglieder – ältere Typen mit Bärten und ausdruckslosen Gesichtern – wirkten in etwa so beteiligt wie Schlafwandler. Ich warf einen verstohlenen Blick auf Cindy; sie biß sich auf die Lippe.

Schließlich erwachte das Mikro zum Leben, der Conférencier verschwand, und Joey hauchte »Test, Test« durch die P.A. »'tschuldigt die Verzögerung, Leute«, raunte er mit seinem tiefsten, hinterwäldlerischsten Baß, »aber wir können jetzt 'n zweiten Versuch starten. A-one, two, three!« brüllte er, und ›Heartbreak Hotel‹, die Zweite, stampfte lahm aus den Lautsprechern.

Well, since my baby left me,
I found a new place to dwell,
It's down at the end of Lonely Street,
That's Heartbreak Hotel.

Irgendwas stimmte nicht, soviel war von Anfang an klar. Nicht nur, daß er schlecht war, daß er nervös wirkte und vielleicht ein bißchen weibisch und ganz und gar nicht Herr der Lage, oder daß er den Text der dritten Strophe vergaß und den Refrain immer zu tief nahm, oder daß die offenbar irgendwo aufgelesenen Musiker einen Dreck taugten und es selbst dann nicht fertiggebracht hätten zusammenzuspielen, wenn sie seit Elvis' Begräbnis acht Stunden am Tag geübt hätten – nein, es war ein grundlegenderes Problem. Der Trick bei der ganzen Sache war, eine Illusion zu erzeugen – Joey mußte seine Zuschauer, und wenn auch nur für einen Augenblick, davon überzeugen, daß der echte, leibliche Elvis, der Junge, der zu rocken wagte, vor ihnen stand. Leider kriegte er das einfach nicht hin. Weder musikalisch noch optisch. Mochte man sich auch die Ohren zuhalten und die Augen zusammenkneifen, bis alle Lichter verschwammen, dieser linkische, pomadenhaarige Junge mit dem grünen Lidschatten kam dem Vorbild nicht einmal für eine Sekunde nahe. Und das Publikum ließ es ihn wissen.

Buhrufe und Pfiffe übertönten den letzten Akkord von ›Heartbreak Hotel‹, auf den Joey nahtlos eine dieser zittrigen, kurzatmigen Balladen folgen ließ, die das Verhängnis der mittleren Schaffensperiode des Kings gewesen waren. Ich kann mich weder an die Melodie noch an den Text erinnern – aber es klang schmalzig und schief. Joey schwitzte jetzt, und die Haare hingen ihm in die Augen. Er legte sich halb auf den Mikrophonständer, wählte eine Frau aus dem Publikum aus und versuchte sich an einem verführerischen Grinsen, das indes mehr nach Magenverstimmung als nach Leidenschaft aussah. Mitten im Lied rief eine weibliche Stimme hinten im Saal: »Schwuler!«, und zwei Typen mit Verbindungsjacken fingen an, wie läufige Hündinnen zu jaulen.

Joey stockte, verpaßte seinen Einsatz nach dem Gitarrensolo und mußte eine ganze Strophe samt Refrain herumstehen und im Leerlauf klimpern, bis es wieder von vorn losging. Die Leute machten sich jetzt offen über ihn lustig und die Verbindungstypen begannen, mutiger geworden, ihr Gejaule mit spitzen Schreien und Jodlern aufzulockern. Joey neigte den Kopf wie ein Besiegter und ließ die Gitarre lose baumeln, während die Gruppe das Stück zum Abschluß brachte. Beim nächsten – es war, glaube ich, ›Teddy Bear‹ – legte er ein bißchen Tempo zu, aber beim Publikum kam er einfach auf keinen grünen Zweig. Ich beobachtete Cindy aus den Augenwinkeln. Ihr Gesicht war weiß. Sie ließ die ersten vier Stücke wortlos über sich ergehen, dann beugte sie sich über den Tisch und packte mich am Arm. »Bring mich nach Hause«, sagte sie.

Wir blieben in der Auffahrt eine Weile im Auto sitzen und ließen das Radio laufen. Es war warm, und durch die offenen Fenster hörte man die Grillen und was weiß ich noch alles im Gebüsch Radau machen. Cindy hatte während der Rückfahrt nicht viel gesagt – die Sache im Klub war ziemlich niederschmetternd gewesen –, und ich hatte versucht, sie mit allerlei fröhlichem Geschwätz abzulenken. Jetzt beugte sie sich vor und schaltete das Radio aus. »Er ist wirklich unter aller Sau, nicht?«

Ich biß nicht an. Ich wollte sie, keine Frage, aber ich war nicht bereit, wen auch immer schlechtzumachen, um sie zu bekommen. »Ich weiß nicht«, sagte ich. »Ich meine, mit *der* Band wäre sogar der echte Elvis unter aller Sau gewesen.«

Sie ließ sich das für einen Augenblick durch den Kopf gehen, kramte dann eine Zigarette aus ihrer Handtasche, zündete sie sich an und stieß den Rauch mit einem Seufzer aus. Der Seufzer schien zu bedeuten: »Okay, und was nun?« Wir wußten beide, daß die Babysitterin nebenan selbst- und weltvergessen vor dem Fernseher hockte und daß Joey noch mehr als die Hälfte seines Programms bewältigen mußte. Wir hatten massenhaft Zeit. Wenn wir wollten.

Das Licht aus ihrem Haus fiel quer über den Rasen und verfing sich in ihrem Haar; ihr Gesicht lag im Schatten. »Willst du auf'ne Minute mit rein?« fragte ich und erinnerte mich, wie sie sich auf dem Sofa an mich rangemacht hatte. »Was trinken oder so?«

Als sie »Klar« sagte, spürte ich, wie meine Knie weich wurden. Das war's: Berater, rate dir selbst. Ich folgte ihr ins Haus und führte sie die dunkle Treppe hinauf ins Schlafzimmer. Wir hielten uns nicht mit Drinks auf. Oder Lichtmachen. Sie fühlte sich gut an und ein bißchen fremd: Sie war nicht Judy.

Hinterher holte ich uns einen Drink, und dann noch einen. Dann nahm ich die Flasche mit ins Bett, und wir liebten uns ein zweitesmal – langsam, gemächlich, rhythmisch, während die Grillen draußen vorm Fenster den Takt angaben. Ich war in Ekstase. Ich war betrunken. Ich war verliebt. Wir bewegten uns wie ein Körper, und ich streckte ihr die Zunge ins Ohr und brachte ihr, leidenschaftlich flüsternd, ein Ständchen à la Elvis, à la Joey. »Well-a bless-a my soul, what's-a wrong with me«, murmelte ich, »I'm itchin' like a ma-han on a fuzzy tree … oh-oh-oh, oh, oh yeah.« Sie lachte, und dann wurde sie ernst. Wir teilten uns eine Zigarette und danach einen Schluck klebrigen Likörs; dann muß ich eingeschlafen sein.

Ich weiß nicht, wie spät es war, als ich den Lieferwagen nebenan vorfahren hörte. Unten knallte die Tür zu, und ich ging ans Fenster und sah Cindys dunkle Gestalt über den Rasen rennen. Dann sah ich Joey, der vor der Haustür stand, und die Babysitterin hinter ihm. Es erklang ein Fluch, ein Schrei, das Geräusch eines Schlags, und dann saßen Joey und die Babysitterin im Wagen, die Bremslichter leuchteten auf, und sie waren weg.

Ich fühlte mich mies. Ich fühlte mich wie ein Schweinehund, ein Sünder, ein Familienzerstörer und ein Lothario. Ich fühlte mich, wie Fred sich gefühlt haben mußte. Nackt goß ich mir im Dunkeln noch einen Drink ein und hielt eine Weile Ausschau nach irgendwelchen Lebenszeichen in Cindys Haus. Es gab keine. Eine Minute später war ich eingeschlafen.

Ich wachte früh auf. Meine Kehle war trocken, und mein Kopf hämmerte. Ich schlüpfte in eine Turnhose, die ich im Durcheinander auf dem Fußboden fand, putzte mir die Zähne, ließ mir Wasser über das Gesicht laufen und betrachtete dann für längere Zeit die Toilette, wobei ich abzuschätzen versuchte, ob ich mich übergeben würde oder nicht.

Ein halbes Dutzend Aspirin und drei Glas Wasser später stieg ich vorsichtig die Treppe hinunter. Ich dachte gerade an pochierte Eier und trockenen Toast – und vielleicht, wenn ich sie vertrug, eine halbe Tasse Kaffee –, als ich planlos ins Wohnzimmer schlenderte und sie dort auf der Couch zusammengekauert sitzen sah. Ihre Augen waren rot, ihr Make-up verschmiert, und sie hatte noch immer dieselben Sachen wie am Vorabend an. Neben ihr lag, in eine handtuchgroße rosa Decke gewickelt, das Baby.

»Cindy?«

Sie strich sich das Haar aus dem Gesicht und musterte mich mit leicht zusammengekniffenen Augen. »Ich wußte nicht, wo ich sonst hätte hingehen können«, murmelte sie.

»Willst du damit sagen, daß er –?«

Ich hätte sie vermutlich in die Arme nehmen sollen, hätte meinen Beraterwortschatz nach Perlen des Trostes und der Ermutigung durchkramen sollen, aber ich konnte es nicht. Widerstreitende Gedanken schossen mir durch den Kopf, Säure stieg mir in die Kehle, und das Baby – zum erstenmal, seit ich es zu Gesicht bekommen hatte, bei Bewußtsein – fixierte mich mit einem ruhigen, unverwandten anklagenden Blick. Das war nicht, was ich gewollt hatte, ganz und gar nicht.

»Hör mal«, sagte ich, kann ich dir irgendwas bringen – eine Tasse Kaffee oder Cornflakes oder sonstwas? Milch für das Baby?«

Sie schüttelte den Kopf und begann kleine kummervolle, gequälte Geräusche von sich zu geben. Sie biß sich auf die Lippe und wandte das Gesicht ab.

Ich fühlte mich wie ein Schwerverbrecher. »Gott«, sagte ich, »es tut mir leid. Ich wollte nicht –« Ich machte einen Schritt auf sie zu und hoffte, sie würde mit ihrem verweinten Gesicht zu mir aufsehen, mir sagen, daß es nicht meine Schuld war, tapfer von der Couch aufstehen und entschlossenen Schritts aus meinem Haus und meinem Leben verschwinden.

In diesem Augenblick klopfte es an der Tür. Wir erstarrten beide. Es klopfte noch einmal, lauter, donnernd, das Geräusch der Wut und Ungeduld. Ich durchquerte das Zimmer, öffnete die Tür mit einem Ruck, und da stand Joey auf der Stufe. Er war bleich und sein Haar zerwühlt. Als die Tür aufging, bohrten sich seine Augen mit einem Ausdruck des Hasses und der Verachtung in meine. Ich machte keine Anstalten, die Windfangtür, die uns trennte, zu öffnen.

»Willst du sie?« stieß er aus und bohrte die Spitze seines Stiefels in die Fußmatte, wie ein Widder, der den Boden scharrt, bevor er angreift.

Ich war ihm gegenüber um fünfzehn Zentimeter und vierzig Pfund im Vorteil; ich hätte durch die Tür stürmen und meine Schuld in Blut ertränken können. Aber es war nicht Joey, dem ich weh tun wollte, es war Fred. Beziehungsweise, nein, eigentlich, tief innen, wollte ich Judy weh tun. Ich schaute ihm durch den dünnen Fliegendraht hindurch in die Augen und sah dann weg.

»Du kannst sie nämlich haben«, fuhr er fort, ohne Nashville-Näseln diesmal, in reinstem Brooklyn-Akzent. »Sie is eine Hure. Ich kann keine Hure brauchen. Scheiße«, stieß er aus, indem er an mir vorbei zu ihr hinübersah, die zusammengekauert mit dem Baby auf der Couch saß, »Elvis hat hundert wie die da durchgemacht. Tausend.«

Cindy starrte auf den Fußboden. Ich hatte nichts zu sagen.

»Leckt mich am Arsch«, sagte er abschließend, drehte sich um und marschierte über den Rasen davon. Ich sah ihm zu, wie er die Tür des Lieferwagens zuknallte, den Motor anwarf und rückwärts aus der Auffahrt heraussetzte. Dann war der Junge, der zu rocken wagte, verschwunden.

Ich sah Cindy an. Sie hatte die Knie ans Kinn hochgezogen und weinte leise. Ich wußte, daß ich sie hätte trösten, ihr hätte sagen sollen, daß alles gut werden, daß sich schon alles einrenken würde. Aber ich tat's nicht. Das war keine schwangere Fünfzehnjährige, die ihre Mutter haßte, oder eine Halbwüchsige, die die Cheerleader-Übungen schwänzte, um Pot zu rauchen und in der Videospielhalle herumzuhängen – das war kein Problem, das von selbst aus meinem Büro spazieren und wieder nach Hause gehen würde. Nein, das Problem war direkt vor meiner Tür, hier auf meiner Couch: Ich war persönlich betroffen – ich war verantwortlich – und ich wollte nichts damit zu tun haben.

»Patrick«, stammelte sie endlich. »I-ich weiß nicht, was ich sagen soll. Ich meine« – und hier war sie wieder kurz davor, in Tränen auszubrechen –, »ich fühl mich so, als ob … als ob –«

Ich erfuhr nicht mehr, wie sie sich fühlte. Nicht zu der Gelegenheit jedenfalls. Denn in diesem Augenblick klingelte das Telefon. Von oben, aus dem Schlafzimmer. Cindy verstummte mitten im Sitz; ich erstarrte. Es klingelte zweimal, dreimal. Wir sahen uns an. Beim vierten Klingelzeichen drehte ich mich um und rannte die Treppe hoch.

»Hallo?«

»Pat, hör mich an.« Es war Judy. Sie klang atemlos, als sei sie gerannt. »Häng jetzt nicht ein. Bitte.«

Das Blut hämmerte mir im Kopf. Der Hörer wog sechs Tonnen. Ich schaffte es kaum, ihn ans Ohr zu halten.

»Ich hab einen Fehler gemacht«, sagte sie. »Das weiß ich. Fred ist eine Null. Ich habe ihn vor drei Tagen in so einer Weinkellerei in St. Helena verlassen.« Es entstand eine Pause. »Ich bin jetzt unten in Monterey und fühl mich einsam. Ich vermiß dich.«

Ich hielt den Atem an.

»Pat?«

»Ja?«

»Ich komm heim, okay?«

Ich dachte an Joey, an Cindy unten im Wohnzimmer mit ihrem Baby. Ich sah aus dem Fenster auf das Haus nebenan, das jetzt wieder leerstand, und dachte an Henry und Irma und an die Jahre, die vergehen. Und ich spürte, wie etwas nachgab, als sei ein Bann gebrochen.

»Okay«, sagte ich.

Wale weinen

Es heißt, die See sei kalt, doch die See enthält
das wärmste Blut der Erde …
D.H. Lawrence, ›Wale weinen nicht‹

Ich weiß nicht genau, was es war – der Impuls zur Bewahrung angesichts der ständigen Veränderung, eine angeborene Schwäche für Leibesumfang –, wer kann das sagen? Doch plötzlich, im Winter meines einunddreißigsten Lebensjahres, wurde ich vom überwältigenden Wunsch gepackt, die Gesellschaft von Walen aufzusuchen. Ganz recht: Wale. Fluken und Blaslöcher. Leviathan. Moby Dick.

Die Leute sprachen von den Japanern, den Russen. Fabrikschiffe, sagten sie. Zurückgehende Zahlen und bedrohte Bestände, Wale im Schwinden. Ich wollte sie unbedingt sehen, bevor sie ihren Schwanengesang anstimmten, bevor sie zu bloßer Dokumentation wurden, zu Einträgen in einer Kartei, knöchernen Überresten, an Kleiderbügeln befestigt und von den konkaven Decken des Smithsonian herabhängend wie Blaupausen der

Vergangenheit. Mehr: ich wollte sie begreifen, sie riechen, berühren. Ich wollte ihren schlüpfrigen Rücken besteigen auf hoher See, zwischen ihnen schwimmen, ihre überschwenglichen Gesten verstehen lernen, ihre überwältigenden Rituale, ihre gewaltigen wälischen Wonnen und abgrundtiefen Schmerzen.

Diese Cetacea-Manie war nichts, was allmählich entstanden wäre, eine Vorliebe, die sich über Monate hin zu Interesse, bewußter Zuwendung und schließlich gänzlicher Inanspruchnahme entwickelt hätte – ganz und gar nicht. Nein: sie nahm mich im Sturm. Natürlich war mir die traurige Lage der Wale und Delphine mehr oder weniger unterschwellig, schon seit Jahren bewußt, so heftig wie ich vom Sierra Club, der National Wildlife Federation und den Leuten von »Rettet die Wale« mit Spendenaufrufen bombardiert wurde. Ich aß keinen Thunfisch mehr. Schrieb einen Brief an meinen Kongreßabgeordneten. Trotzdem hatte ich noch nie einen Wal in natura gesehen, und ich kann nicht behaupten, daß mich die Cetacea mehr schlaflose Nächte gekostet hätten als die Berggorillas, die Inflation oder die chemischen Konservierungsstoffe in unseren Lebensmitteln. Dann lernte ich Harry Macey kennen.

Es war auf einer Party, irgendwo in den East Fifties. Eine von diesen saisonbedingten Angelegenheiten: Dom Pérignon, geschliffenes Kristall, drei schwarze Mädchen, die zu Diskomusik vom Band jaulten. Pelze waren in. Joggingklamotten. Action. Gesundheit. Ich war mit Stephanie King da, einem Mannequin. Sie war einsachtzig groß, Irisse wie Brunnenwasser, der unverzichtbare Leberfleck neben dem Mundwinkel. Wie die meisten Haute-Couture-Models in der Stadt hatte sie mit der Zeit eine Rolle verinnerlicht, die ein Mittelding zwischen Girl-Scout und Vampir darstellte. Und die ich ganz und gar nicht unlecker fand.

Stephanie stellte mich einem Mann mit Bart, Blazer und Bifokalbrille vor. Er machte gerade einer älteren Frau Vorwürfe wegen der Silberfuchsboa, die ihr vom Hals baumelte.

»Degoutant«, knurrte er und geriet allmählich in Rage, »barbarisch und atavistisch. Was glauben Sie, wozu man Kunstfasern entwickelt hat?« Sein Haar war wie das der Kennedys, jungenhaft, eine Tolle über der Stirn, jede einzelne Strähne um Aufmerksamkeit heischend; seine Augen waren kalt und messianisch. Er rasselte eine Liste bedrohter Arten herunter, vom Senegalgalago bis zum Dreizehen-Faultier, wobei seine Stimme trauervoll an jeder einzelnen Silbe sog, als sei er ein Rabbi, der die geheimen Namen Gottes ausspricht. Dann fing er von den Walen an.

Ich räusperte mich und streckte die Hand aus. »Nennt mich Roger«, sagte ich.

Er grinste nicht mal. Dehnte lediglich seine Einflußsphäre insoweit aus, daß sie auch Stephanie und mich einschloß. »Der Blauwal«, sagte er gerade und schnippte die Asche seiner Zigarette in den Aschenbecher, der rücklings auf seinem Handteller lag, »ist ein ausgezeichnetes Beispiel. Dreißig Meter lang, eine Viertelmillion Pfund schwer. Mit Abstand das größte Lebewesen, das je die Erde bevölkert hat. Allein seine Zunge wiegt drei Tonnen, und sein Penis würde mit seinen knapp drei Metern einen Kodiakbären kleinwüchsig erscheinen lassen. Und wie belohnen wir dieses Urbild des evolutionären Impetus?« Er hielt inne und sah mich an wie ein Quizmaster. Stephanie, die bei unserer Ankunft ihren langen Luchs-Mantel der Gastgeberin anvertraut hatte, nickte zweimal, murmelte etwas Unverständliches und entfernte sich mit einem rastahaarigen Mann. Die alte Frau war eingeschlafen. Ich zuckte die Schultern.

»Damit, daß wir ihn bis an den Rand der Ausrottung bejagen. Ihn einkochen und zu Margarine,

Hundefutter, Schuhcreme und Lippenstift verarbeiten.«

Das war Harry Macey. Er war Meeresbiologe an der NYU und, wie ich damals fand, ein ziemlicher Arsch. Aber an dem, was er sagte, war schon was dran. Mochte er auch aus dem Mund riechen und krankhaft egozentrisch sein; seine Botschaft brachte etwas in mir zum Klingen. Und während er, jetzt eindeutig dozierend, weiterredete und seine Stimme zwischen Zorn, Überzeugung und einer Art missionarischem Eifer hin- und herschwang, begann ich eine immer stärkere, instinktive Sympathie für ihn zu empfinden. Wale, dachte ich, während ich an meinem Champagner nippte. Herrliche, unersetzliche Geschöpfe, Symbole der Wildnis und so weiter, mit Gehirnen so groß wie Ottomanen, die einander in der unergründlichen Finsternis umwarben, liebten, zuzwitscherten – genauso, wie sie es schon sechzig Millionen Jahre lang getan hatten. Und all das war durch die Habgier der Japaner und den Zynismus der Russen bedroht. Hier war etwas, wohinein man sich kopfüber stürzen konnte, eine Sache, die keine Gewissensprüfung erforderte, waren die Guten und die Bösen doch so klar unterscheidbar wie Kaninchen und Hyänen.

Maceys Stimme brachte Licht in die Tiefen, erhellte die Äonen, entfachte meinen Enthusiasmus. Er sprach von der subtilen Intelligenz dieser friedfertigen, schwerfälligen Säuger, von ihrem Mut und ihrer gegenseitigen Treue angesichts der Gefahr, von ihrem Werben und Vorspiel und vom monumentalen, subozeanischen Liebesakt selbst. Ich leerte mein Glas, schloß die Augen und sah einen Unterwasser-Pas-de-deux: Gewaltige, sich verlagernde Massen, aneinandergepreßt wie zusammenstoßende Züge, ehrfurchtgebietend, atemberaubend, Schlagzeug- und Baßgehämmer aus den Boxen, bis ich in jeder Zelle meines Körpers nichts anderes spürte als dieses furchterregende, seismische Bumsen in der Tiefe.

Zwei Wochen später hockte ich in einem schaukelnden Schlauchboot irgendwo vor der Küste Britisch-Kolumbiens. Es regnete. Die Wassertemperatur betrug knapp ein Grad. Wer das Pech gehabt hätte, sich in diesem Wasser aufhalten zu müssen, wäre binnen fünf Minuten an Unterkühlung gestorben. Hatte man mir wenigstens gesagt.

Diese Informationen verdankte ich Nick, Gary oder Ernie, meinen Gefährten im Schlauchboot. Alle drei waren Mitte Zwanzig, wildäugig und bärtig, gekleidet in Norwegerpullover, Regenjacken und Wollmützen. Sie waren Rock-and-Roll-, Drogen-, Flugzeug- und Speedbootfreaks. Sie waren außerdem gefährliche Irre mit einer Vorliebe dafür, sich zwischen die Sprengköpfe zwei Meter langer, tetra-widerhakiger, explosiver Harpunen und die riesigen, dahinschießenden Rücken in Panik geratener Wale zu werfen.

Momentan waren allerdings keine Wale in Sicht. Lebende jedenfalls. Die Kadaver dreier Seiwale trieben hinter dem Klaffmaul eines russischen Fabrikschiffes her und harrten ihrer Aufbereitung. Eine niedrige Wolkendecke franste grauviolett von Horizont zu Horizont aus, wie Eingeweide auf einem Schlachtblock, während das russische Schiff bedrohlich über uns ragte, sein endloser, roststreifiger Bug so hoch wie die Klippen von Jersey, die steinernen slawischen Gesichter der russischen Seeleute längs der Reling aufgereiht wie aufgefädelte Erbsen. Es gab zweieinhalb Meter hohe Wellen. Ringsum war die See rosa vom Walblut und wurde von den gewaltigen schwarzen Rückenflossen von (wie ich anfangs glaubte) Haien durchschnitten. Im nächsten Augenblick sah ich einen großen grinsenden Schwertwal krachend aus der Tiefe auftauchen und von einem der Kadaver einen

Klumpen Fleisch von der Größe einer Milchkuh herunterreißen.

Nick zündete sich gerade die Pfeife an. »Äh«, sagte ich, »sollten wir jetzt nicht zum Schiff zurück?«

Falls er mich hörte, gab er es durch nichts zu erkennen. Er brummelte unentwegt leise vor sich hin und ließ wütend seine Fingerknöchel knacken. Er tat einen kräftigen, langsamen Zug aus einem angelaufenen Flachmann, starrte dann zornig zu den stoischen russischen Gesichtern empor und streckte ihnen allen seinen Mittelfinger entgegen. »Mörder!« brüllte er. »Schwule Iwans!«

Ich war im Auftrag eines Nachrichtenmagazins da, und ich hatte es geschafft, zusätzlich von ›Audubon‹ ein bißchen Spesengeld herauszuschlagen. Das Nachrichtenmagazin wollte Actionfotos von der Konfrontation zwischen den Walfängern und Nick, Gary und Ernie; ›Audubon‹ wollte ein paar Weitwinkelaufnahmen von blasenden Walen für den Artikel eines Meeresbiologen, der die Lungenkapazität des Zwergwals erforschte. Ich hatte ihnen den Auftrag regelrecht abgeschwatzt. Wie ein Idiot. Die letzten Jahre hatte ich in der Modebranche ganz ordentlich verdient (ich hatte ein paar Junior-Miss-Sachen für J. C. Penney und Bloomingdale's gemacht und als »Freier« für die eine oder andere Frauenzeitschrift gearbeitet), aber seit einiger Zeit war in mir das Gefühl immer stärker geworden, daß ich irgend etwas vermißte. Nennt es Unbehagen, nennt es Langeweile. Ich verdiente mir meinen Lebensunterhalt, aber was tat ich für die künftigen Generationen? Die Wale zu retten – oder zumindest meinen Teil dazu beizutragen – schien auf der ethischen Skala ein, zwei Striche höher zu rangieren, als die Lust pubertierender Mädchen auf Schlangenlederstiefel und Pelzkragen zu entfachen. Hinzu kam noch, daß ich gute Voraussetzungen dafür mitbrachte, hatte ich doch meine Laufbahn als Naturforscher begonnen.

In der Tat: auch ich hatte meine jugendlichen Illusionen gehabt. Ich war eben sechs Monate aus dem College, als ich für ›National Geographic‹ meine Studie über die Bartmeise machte, und ich glühte vor Erfolg und Begeisterung. Das darauffolgende Jahr wurde ich von ›Wildlife‹ den Xingu hinaufgeschickt, um das Liebesleben des Wasserschweins zu dokumentieren. Ich watete bauchtief durch Sümpfe, kauerte tagelang hinter Flechtwerk, meine Haut schwarz von Moskitos, die ich nicht zu zerklatschen wagte aus Angst, meine Beute zu verschrecken. Ich wurde von drei verschiedenen Arten von Arachniden gebissen. Ich zog mir die Bilharziose zu. Ich beschloß, mein Teleobjektiv zu verkaufen und mich fortan dem Ablichten schöner Frauen mit gequältem Blick in sauberen, luftigen Studios zu widmen.

Nick war aufgestanden und bemühte sich, das Gleichgewicht zu halten, während die Wogen unser Schlauchboot beutelten. »Hängt Breschnew auf!« kreischte er, und die Sehnen an seinem Hals standen wie Trossen hervor.

Plötzlich holte einer der Russen aus und warf etwas nach uns, etwas Kleines, Rundes. Ich verfolgte mit den Augen seine Flugbahn, wie es über den hohen Bug des Schiffes hinausschoß und in einem anmutigen Bogen auf uns zusauste. Es landete mit einem Zischen durchteilter Luft und einem heftigen elastischen Knall wie von einem Dutzend Gummibändern, die gleichzeitig reißen. Das Projektil entpuppte sich als eine steinhart gefrorene Grapefruit. Sie durchschlug glatt den Boden des Schlauchboots.

Nach erfolgter Rettung verbrachte ich einige Tage in einem Krankenhaus in Vancouver und flog dann zurück nach New York. Gary – oder war es Ernie? – verlor zwei Zehen. Ich handelte mir eine böse Platzwunde über der Augenbraue ein, die mit neunzehn Stichen genäht werden mußte und mir ein verwegenes oder verkommenes Aussehen verlieh, je nach Standpunkt des Betrachters. Die Fotos, für die ich einen Vorschuß erhalten hatte, waren noch immer in der Kamera – in rund dreißig Faden Tiefe. Trotzdem hätte alles gar nicht so schlecht ausgesehen, wenn nicht die Kopfschmerzen gewesen wären. Kopfschmerzen, die mit einem plötzlichen Stich irgendwo unter der Oberfläche des Auges begannen und dann mit einem stetig wachsenden Druck zunahmen, bis sich die ganz linke Hälfte meines Kopfes wie ein Luftballon anfühlte und in mir die Einsicht dämmerte, daß das Thema Wale mich nicht mehr ganz so leidenschaftlich interessierte. Schlußendlich waren die einzigen Wale, die ich irgendwie zu Gesicht bekommen hatte, entweder tot gewesen, am Sterben oder in einem Schwall von Gischt um ihr Leben davongerauscht. Was konnte daran erhaltenswert und schön sein? Und wo, fragte ich mich, war die Sinnhaftigkeit, die diese vorsintflutlichen, mystischen Untiere meinem eigenen entleerten Leben hätten einflößen sollen?

Am Abend meiner Heimkehr kam Stephanie mit einer Flasche Appleton's Rum vorbei. Wir machten Piña coladas und Liebe. *Das* war sinnstiftend. Um sieben Uhr früh stand Harry Macey im Trainingsanzug vor der Tür. Er stieß beim Anblick meiner Naht über dem Auge einen Pfiff aus, verglich mich zu meinen Ungunsten mit Frankensteins Monster, bot mir ein Stück getrocknete Zitronenschale an und setzte sich an den Küchentisch. »Also gut«, bellte er, »raus damit – in allen Einzelheiten. Strömungen, Beobachtungen, der russische Fang – alles.« Bei Red Zinger und Müsli rekonstruierte ich für ihn die Reise, während er nickte und löffelte, löffelte und nickte und sich in Gedanken Notizen machte. Aber ich war noch nicht einmal halb zu Ende, als er mich unterbrach, vom Tisch aufsprang und mir sagte, es gebe da jemand, den ich einfach kennenlernen müsse, auf der Stelle, keine Widerrede, ein Mensch, mit dem ich wirklich würde warmwerden können.

Ich sah von meinem Müsli auf. Mein Kopf pochte. Er stand über mir, berstend vor Energie, zupfte sich am Ohr, blies den Dampf von seiner Teetasse, tanzte fast. »Du wirst bestimmt von ihm begeistert sein«, sagte er. »Der Mann kennt die Wale in- und auswendig.«

Eyolf Holluson wohnte in einer Zweizimmerwohnung in der East Twentysixth Street. Er war sechsundachtzig Jahre alt. Wir nahmen zwei Stufen auf einmal – die ganzen fünf Treppen hoch – und warteten vor der Tür, während Harry seine Herzschläge zählte. »Vierundvierzig in der Minute«, sagte er sachlich. »Nichts im Vergleich mit den Lungenfischen, aber nicht schlecht für einen Mann von neununddreißig.« *Mein* Herz schien durch die Prozedur nach oben in den Kopf gewandert zu sein, wo es über dem linken Auge wie eine Druckmaschine vor sich hin hämmerte.

Eine hohe, nasale, tremulierende Stimme echote von hinter der Tür. »Harry?«

Harry bejahte, die Stimme erklärte, die Tür sei offen, und wir traten in ein verdunkeltes Zimmer, das nur von blinkenden Weihnachtslichterketten beleuchtet wurde und in dem es nach Corned beef und Pfefferminze roch. Am hinteren Ende des Zimmers saß, in den Falten eines wuchtigen, graubraunen, mit Schichten von Zierdeckchen und Schonbezügen behängten Sessels versinkend, Eyolf. Vor ihm befand sich ein TV-Dinner-Tablett und dahinter ein TV-Gerät mit abgedrehtem Ton, das bunte Bildchen produzierte.

»Eyolf«, sagte Harry, »ich möchte dir gerne einen Freund von mir vorstellen – er ist hier, um über Wale zu reden.«

Der alte Mann drehte sich um, schielte über den Rand seiner stahlgeränderten Brille zu mir hoch und wandte sich dann wieder dem Tablett zu. »O ja«, sagte er. »Nur erst mein Frühstück aufessen.« Er aß Corned beef, geschälte Tomaten aus der Dose, Pfefferminzplätzchen.

Harry stachelte ihn an. »Eyolf hat siebenundfünfzig Jahre lang Wale gejagt – zuerst mit der norwegischen Flotte und dann, als die das geschmissen haben, mit den Portugiesen, vor den Kanarischen Inseln.«

»Auf die alte Art«, sagte Eyolf durch einen Brei aus Minze und Tomaten. »Riemen und Harpunen.« Wir durchquerten das Zimmer und machten es uns auf einem schwammweichen Zweiersofa bequem, das nach Katzenpisse roch. Harry zog einen Minirecorder aus der Tasche, schaltete ihn ein und legte ihn auf das Tablett neben den Teller des alten Mannes. Dann ließ er sich im Sofa zurückfallen, schlug die Beine übereinander und sagte: »Erzähl uns davon, Eyolf.«

Der alte Mann trug einen schottisch karierten Bademantel und Pantoffeln. Er war grobknochig, abgezehrt, hatte eine Haut wie gedörrtes Rindfleisch. Er redete zwei Stunden lang, und seine seltsame nasale Stimme knarrte wie Riemen in den Dollen, hob und senkte sich wie die Gezeiten. Er erzählte uns von einem Pottwal, der in der Japanischen See ein Fangboot umgeworfen hatte, von Schiffskameraden, die in der Antarktis auf Nimmerwiedersehen abgeschleppt worden waren, von einem hünenhaften Schweden, der bei einer Stecherei mit Flensmessern ein Bein verloren hatte. Mit knacksenden Knien erhob er sich aus seinem Sessel, nahm eine Harpune von der Wand, winkelte den Arm an und erzählte uns von den tausend Walen, die er gespießt hatte, vom heißen Blut, das ihm in einem dicken Strahl durch die eisige Gischt ins Gesicht gespritzt war, wie es geschmeckt und wie sein Herz gehämmert hatte bei der wilden Jagd. »Du stichst ihn«, sagte er, »und es ist, wie eine Frau stechen. Besser.«

Auf dem Tisch lag eine Nummer der ›Norsk Hvalfangst-Tildende‹. Hinter mir hing, auf Haken montiert, eine kunstvoll geschnitzte Elfenbeinpfeife und daneben ein riesiges Stück geschwärztes, vor Alter hartgewordenes Leder. Ich fuhr mit dem Finger über seine rauhe Oberfläche, während ich mich fragte, was es sein mochte – ein Stück Fluke oder Zunge? –, und es gleichzeitig irgendwie, dunkel, intuitiv wußte.

Eyolf spann gerade ein Garn über einen Pottwal, der mit einem sechs Meter langen Tintenfisch zwischen den Zähnen unter ihm aufgetaucht sei, als er sich zu mir wandte. »Ich meine, vielleicht fragen Sie sich, was ist dieses Ding wie ein Stierkämpfertuch, das da an Eyolfs Wand hängt?« Ich nickte. »Ein Geschenk vom Kapitän der ›Freya‹, fast vierzig Jahre her ist es. Zum Dank für meinen Fang von Finn- und Grönlandwal während einer Zeit von zwei, drei hektischen Wochen. Hektisch, o ja. Blut bis zu den Knien hoch – erst heiß, dann kalt. Abends hatte ich Blut in den Schuhen.«

»Das Leder, Eyolf«, sagte Harry. »Erzähl Roger davon.«

»O ja«, sagte er und sah mich jetzt an, als sei ich aus Plastik. »Das hier ist vom größten Geschöpf auf Gottes Erde. Vom Schwefelbauch, was Sie Blauwal nennen. Ich bewahr's hier auf für Kraft und langes Leben.«

Der alte Mann nahm es behutsam von der Wand ab und schob es zu mir. Es hatte die Größe eines Duschvorhangs und war steif wie Baumrinde. Eyolf lächelte und nickte. »Stabil, was?« Er stand da, sah auf mich herab und zitterte ein wenig von einem seiner mannigfaltigen Gebrechen.

»Also was ist das nun?« fragte ich, allmählich etwas ungeduldig.

»Sie wissen es nicht?« Er pulte sich im Ohr. »Das hier ist seine Vorhaut.«

Draußen auf der Straße sagte Harry, er hätte mir einen Vorschlag zu machen. Einer seiner Kollegen arbeitete in einer Walbeobachtungsstation auf der Península Valdés, an der patagonischen Küste. Er studierte den Südkaper in seinen Fortpflanzungsgründen und brauchte für das Buch, das er zu schreiben gedachte, einige erstklassige Bilder. Wollte ich den Auftrag für ein Pauschalhonorar übernehmen?

Beim bloßen Gedanken fing es in meinem Kopf an zu pochen. »Kämst du auch mit?«

Harry sah überrascht aus. »Ich?« Dann lachte er. »Verdammt, nein, machst du Witze? Ich hab Studenten zu betreuen, ich sitze in einem Komitee zur Förderung der Ästuarforschung, ich soll sechs Vorlesungen über die Westküste halten.«

»Ich dachte nur –«

»Sieh mal, Roger – Wale sind faszinierend, und sie sind ganz schön beschissen dran. Ich hoffe sogar, eine Monographie über den Geschlechtsapparat der Furchenwale zu schreiben, aber ich bin kein Mann des Feldes. Tatsächlich haben pelagische Säuger fast so wenig mit meinem Spezialgebiet zu tun wie Elefanten.«

Ich verstand nichts mehr. »Dein Spezialgebiet?«

»Ich erforsche die Holothuroidea. Meine Dissertation war über die Seegurke.« Er sah etwas verlegen drein. »Aber ich denke im großen Maßstab.«

Die patagonische Küste Argentiniens ist ein trostloser, gottverlassener Landstrich, von unaufhörlichen Winden gepeitscht, extrem niederschlagsarm, die Heimat so seltsamer, zählebiger Geschöpfe wie des Nandus, des Haubensteißhuhns und des Pampasfuchses. Darwin ging 1832 mit seiner »Beagle« hier vor Anker, ruderte an Land und beschrieb ein Dutzend neuer Arten. Es wimmelte von Tieren. Die Felsen waren dicht mit Vögeln besetzt – Skua und Eismöwe, Kormorane zu Tausenden, Australkiebitz, Falkland-Chimango, rothälsiger Mornellregenpfeifer. Pinguine und Seelöwen ruhten zwischen den Anhäufungen von schwarzen Felsblöcken und tanzten in der grünen Dünung, die küstennahen Gewässer waren reich an Fisch, und Ruderfußkrebse – zehn Milliarden für jeden Stern am Himmel – dickten den Falklandstrom ein. Bis er die Konsistenz von Haferschleim annahm. Wale versammelten sich zum Festschmaus. Südkaper, Finn-, Zwergwale – Darwin beobachtete sie, während sie bliesen und das Wasser peitschten, auf- und abtauchten, spielten, sich paarten und kalbten.

Nichts hat sich hier geändert – abgesehen davon, daß es jetzt weniger Wale gibt. Die Kormorane und Pinguine und Robben sind immer noch da und nicht zu zählen, noch immer fett und fetter dank der nahrhaften Potage, die das Litoral umspült. Und noch immer von Menschen ungestört – mit einer kleinen Ausnahme. Den Tsunamis. Shuhei, Grace und ihren drei Töchtern. Fünf Monate des Jahres halten die Tsunamis die Halbinsel Valdés besetzt, wohnen in einem Betonbunker, essen Töpfe voll Reis, Bohnen und Fisch, kämpfen gegen den Wind und die Einsamkeit an, beobachten Wale.

Stephanie und ich landeten mit dem Versorgungsflugzeug knapp fünfzig Meter vom Tsunamibunker entfernt. Es war August, und die Südkaper paarten sich. Während der letzten Monate hatte ich meinen gespaltenen Kopf gepflegt, Kübel von Piña colada geleert und wieder im Junior-Miss-Geschäft mitgemischt. Aber ich blieb in Kontakt mit Harry Macey, verschlang alles Verfügbare über das Thema Wale, trat Greenpeace bei und flog nach Tokio zur Verhandlung von sechs Mitgliedern einer Gruppe terroristischer Walrechtler, die angeklagt waren, auf dem Flughafen Narita einen japanischen Industriellen harpuniert zu haben. Ich hörte mir Vorträge, sah mir Dias an, fuhr nach Nantucket. Nachts, nach einem langen Tag im Studio, schloß ich die Augen, und Wale glitten durch die stygische See meiner Träume. Sie ließen sich nicht verdrängen.

Als die Cessna aufsetzte, wartete Grace schon auf uns: Kapuzensweatshirt, Bluejeans, Augen wie polierter Nußbaum. Die Mädchen waren auch da – Gail, Amy und Melia –, zappelnd, halsreckend, hysterisch vor Aufregung ob der Aussicht, zwei neue Gesichter in der weglosen Einöde zu sehen. Shuhei saß irgendwo in den Dünen, in einem Dickicht von Sonar-Antennen, und horchte nach Walen.

Ich schüttelte Grace die Hand; Stephanie gab ihr, von einem Schwall von Parfüm und windzerwühltem Haar umgeben, ein Küßchen auf die Wange. Stephanie trug Stiefel aus Seehundfell, ihren Luchsmantel und ein »Laßt-sie-leben«-T-Shirt, auf dem die Fluken eines abtauchenden Wals prangten. Sie hatte zwei Tage vor meiner geplanten Abreise angerufen und gemeint, sie könnte einen Urlaub gebrauchen. Okay, sagte ich, herzlich willkommen. Sie fand einen batteriebetriebenen Haartrockner und einen Tropenhelm beim Räumungsverkauf von Abercrombie & Fitch, einen wolfspelzgefütterten Parka bei Max Bogen, Zelte, Spirituskocher und gefriergetrocknetes Bœuf Stroganoff bei Paragon; sie bestellte beim L.-L.-Bean-Versand Khakiwickelgamaschen und Eskimostiefel aus Lammfell, packte ihre überzählige Unterwäsche, Lidschatten, drei Schauerromane und sechs Pfund getrocknete Aprikosen zusammen, und hier war sie nun im luftigen Patagonien, zu allem bereit.

»Himmel!« überbrüllte ich das Heulen des Windes. »Zieht's hier immer so?« Es stürmte vom Meer her, stetige fünfzig Knoten.

Grace grinste, Kapuze auf, Haare im Gesicht. Mit ihren Lidfalten, ihrem runden Gesicht und der Unterstützung der Kapuze sah sie aus wie ein Eskimo. »Ich wollte grad sagen«, schrie sie, »für die Península Valdés ist es heute windstill.«

An dem Abend saßen wir um den gußeisernen Kaminofen, aßen Wildpastete und redeten über Wale. Grace war lebhaft und tüchtig, kochte, bediente, räumte ab, scherzte, tapste in Shorts und weißen Frotteesocken im kleinen Zimmer umher.

Ausgeprägte Waden, eine Lücke zwischen den Oberschenkeln: Mutter Erde, dachte ich. Shuhei war grüblerisch und zurückhaltend, in Osaka geboren (Grace war aus L.A.). Er ließ sich lang und breit über sein Projekt aus, sprach von Zufall und Wahrscheinlichkeit, von Diagrammen, Permutationen und der Theorie der Artenersetzung. Er war langweilig. Als er einen Witz zu machen versuchte – es war, glaube ich, ein Wortspiel mit »Walverwandschaft« –, kam es für uns völlig überraschend, und er wurde rot.

Draußen kreischte und schnatterte der Wind. Die Mädchen kicherten in ihren Kojen. Wir verbrannten uns den Rachen an Shuheis Sake und schauten den Flammen zu, wie sie über den Scheiten spielten. Stephanie war einsachtzig lang, ohne BH und üppig. Sie gähnte und streckte sich. Shuhei sah sie an wie ein Bedürftiger ein Kalbskotelett.

»Gut«, sagte ich, gleichfalls gähnend. »Ich denk', jetzt sollten wir wohl in die Falle.«

Wir hatten unser Zelt erst kurz vor Einbruch der Dunkelheit aufgestellt, und es war seitdem schon dreimal umgeweht worden. Als wir jetzt auf die Tür zugingen, kam Leben in Shuhei. »Nein, nein«, sagte er und verstellte uns schon beinah den Weg. »Bleiben Sie heute nacht hier – bei uns.«

Grace sah von ihrem Sake auf. »Ja«, sagte sie. »Wir bestehen darauf.«

Als ich aufwachte, hörte ich Wale. Ein tiefes, drohendes Schnaufen und Stöhnen, das ich in den Knochen spüren konnte, ein Geräusch wie Posaunen und Englischhörner. Es war hell. Ich schaute mich um und sah, daß die Tsunamis weg waren, schlüpfte rasch in meine Sachen, schnappte mir die Kamera und schlich hinaus. Es bestand keine Notwendigkeit, Stephanie zu wecken.

Der Himmel war bewölkt, und es wehte noch immer eine steife Brise – sie schleuderte mir Sand ins Gesicht, als ich zur kleinen Bucht hinunterging, wo die Tsunamis ihr Schlauchboot aufbewahrten. Vögel überall – der Himmel war weiß von Möwen, Kormorane tauchten nach Fisch, Pinguine standen zwischen den Felsen herum, als seien sie aus Holz geschnitzt. See-Elefanten lümmelten mit ihren Jungen auf dem Strand herum; Südkaper bliesen in der Bucht ihre Fontänen. Es war wie ein National Geographic Special. Ich machte ein paar Aufnahmen von den Robben und stapfte dann die Küste entlang, bis ich Grace und Melia fand, die, mit Fernglas und Notizblock bewaffnet, auf der Kuppe einer Düne hockten. Grace trug eine Windjacke, weiße Shorts und ein Kopftuch; Melia war sechs Jahre alt.

Grace winkte. »Sollen wir mit dem Boot raus?« rief sie.

Ich stand knietief im Wasser und kämpfte mit dem Schlauchboot, während Grace die Schnur des Anlassers zog und Melia meine Bronica hielt. Als wir in die gleichmäßige Dünung hinausstampften, merkte ich, daß ich an Nick, Gary und Ernie dachte, aber meine anfänglichen Befürchtungen erwiesen sich als unbegründet: Grace war ein tadelloser und sicherer Lotse. Wir fuhren quer durch die Bucht, auf eine ferne sandige Landzunge zu. Möwen wehklagten über uns, Robben bellten, Gischt flog, und dann, noch ehe ich auch nur die Kamera scharf einstellen konnte, donnerten keine zehn Meter von uns entfernt die mächtigen Fluken eines großen Kapers aufs Wasser. »Das war Bob Tail«, sagte Grace lachend.

Ich wischte das Salzwasser vom Objektiv. »Wie konnten Sie das erkennen?«

»Einfach. An seiner linken Fluke fehlt ein Stück.«

Wir tuckerten gemächlich in der Bucht herum, und sie stellte mir an die dreißig Wale vor, teils namentlich bekannte, teils anonyme. Ich sah Gray

Spot, Cyclops, Farah Fawcett und Domino, und an einen von ihnen kam ich sogar nah genug heran, um ihn anzufassen. Er schöpfte gerade die Wasseroberfläche ab, schwarz wie ein Frachtkahn und mit Seepocken und Walläusen überkrustet, der riesige vergilbte Vorhang seiner Barten wie die Innereien eines Klaviers bloßgelegt. Grace ließ das Schlauchboot, mit dem Motor im Leerlauf, in einer Kurve an ihn herantreiben, und als wir längsseits lagen, streckte ich die Hand aus und tätschelte seine kühle, glatte Haut. Es war, wie wenn man ein sehr verschwitztes Pferd von der Größe eines Hauses klopfte. Ich legte meine offene Handfläche an die Unermeßlichkeit seiner Flanke, und einen verrückten Augenblick lang meinte ich, das Blut zu spüren, das ihn durchströmte, das gigantische Herz, das im Takt mit dem Rollen der Gezeiten und dem Donnern ferner Ozeane schlug; ich hatte das Gefühl, daß ich die Hand ausstreckte und das große dampfende Herz der Erde selbst berührte. Und dann ein Schwall von Schaum, und er war weg.

Die nächsten zwei Wochen verbrachte ich Vormittag, Nachmittag und – wenn das Licht gut war – Abend draußen in der Bucht. Stephanie kam ein-, zweimal mit uns hinaus, suchte aber ansonsten lieber mit den Mädchen den Strand ab; Shuhei war mit dem anderen Boot unterwegs, täglich zur Punta Tombo und zurück – hatte irgendwas mit seinen Sonarantennen zu tun. Er sammelte Daten über die Überwassergeräusche des Südkapers, während Grace die örtliche Teilpopulation hinsichtlich Größe, Farbe und charakteristischer Merkmale aufnahm. Außerdem war sie auch an ihrem Fortpflanzungsverhalten interessiert.

Eines Nachmittags stießen wir auf ein Weibchen, das bauchoben trieb. Zwei Männchen – das eine noch nicht ausgewachsen und höchstens zwei Drittel ihrer Größe – stupsten sie immer wieder an, stießen mit ihren schwieligen Schnauzen gegen ihre gewaltige reglose Masse wie zwei Biber, die einen Baumstamm zu manövrieren versuchen. Grace stellte den Motor ab und zückte ihren Notizblock. »Ist sie tot?« fragte ich.

Grace lachte. Die Sonne stand schon ziemlich hoch, und sie hob eine Hand, um die Augen abzuschirmen, als sie mich ansah. »Sie paaren sich«, sagte sie. »Beziehungsweise sind kurz davor.«

»Eine Ménage à trois?«

Geduldig erklärte sie es mir. Das Weibchen verweigerte sich ihren Freiern, indem sie ihre relevanten Teile aus dem Wasser wälzte, um zu vermeiden, gewaltsam genommen zu werden. Warum sie den beiden die kalte Flosse zeigte, wußten die Götter. Vielleicht war sie müde oder hatte einen Schnupfen, vielleicht ließ sie sich auch nur nicht mit jedem ein. Sie hatte allerdings ein Problem. Da sie in der Rückenlage nicht atmen konnte, mußte sie sich etwa alle fünfzehn Minuten richtig herum drehen, um einmal rasch nach Luft zu schnappen. Und dann würden die beiden über sie herfallen.

Als sie sich das erstemal herumdrehte, erkannten wir sie als Domino, so genannt nach der symmetrischen Anordnung von Schwielen auf der Stirn. Sie war eine meisterhafte Spröde: herumgerollt, geblasen, die Lungen gefüllt und wieder bauchoben gerollt, bevor ihre Freier zum Zuge kommen konnten. Ich machte irgendeinen Witz über einen High-School-Ball und den Rücksitz eines Studebakers. Grace kicherte, das Schlauchboot schaukelte, wir aßen Erdnußbuttersandwiches – und warteten.

Grace erzählte mir von ihrer über der Sushi-Bar ihres Vaters in Little Tokyo verlebten Kindheit und Teenagerzeit, von ihrem abgebrochenen Studium der Tiermedizin und dem Wechsel nach Miami und zur Ozeanographie, von Osaka und Shuhei. Ich erzählte ihr von der Bartmeise und dem Wasserschwein und war gerade mitten in einem irrsinnig geistreichen Aperçu über die Junior-Miss-Welt, als das Schlauchboot plötzlich von hinten gerammt und wie ein Stück Treibholz in die Luft geschleudert wurde. Ein drittes Männchen, so groß wie ein D-Zug, war in der Hitze der Leidenschaft, einzig Domino im Sinn, an uns vorbeigeprescht. Wir waren durcheinandergerüttelt, aber unverletzt. Das Boot befand sich mit der richtigen Seite nach oben, die Kamera an meinem Hals, der Notizblock auf Graces Schoß.

Mittlerweile war klargeworden, daß der Eindringling nicht vorhatte, sich mit Förmlichkeiten aufzuhalten. Er verjagte seine Rivalen, schlug mit dem Schwanz die Bucht schaumig, wälzte Domino herum und vergewaltigte sie. Es war erschreckend, furchterregend, faszinierend – anders als alles, was ich mir je vorgestellt hatte. Sie reinszenierten die Geburt von Surtsey, die Verfestigung des Mondes, den Ausbruch des Vesuvs. Er glitt unter sie, Bauch an Bauch, verschränkte seine Flossen mit den ihren und legte los. Wahrhaft Leviathan.

Ich war ganz erfüllt vor Bewegtheit, verzückt, kribbelig vor Aufregung. So ergriffen, daß ich kein einziges Bild geschossen habe. Graces Hand lag auf meinem Knie. Das Schlauchboot hob und senkte sich, hob und senkte sich, als hielte es den Takt mit jedem einzelnen Stoß und Hub. Irgendwie – ich habe keine klare Erinnerung daran, wie es passierte – waren wir nackt. Und dann lagen wir auf dem Boden des Schlauchbootes, sanft wogendes Gummi, die Schreie der Möwen, salziger Sprühregen, eingeschlossen in einem Mysterium und einem Rhythmus, der der Kontinentalverschiebung und dem Rückfluß der Gezeiten spottete.

Einen Monat später, wieder in New York zurück, traf ich zufällig Harry Macey in einer Bar. »Also was ist los mit Grace und Shuhei?« fragte er.

»Was meinst du damit?«

Hatte ich nicht davon gehört? Es hatte irgendwie Krach zwischen den beiden gegeben. Übler Charakter. Hitzig. War mir das nicht aufgefallen? Jedenfalls hatte er es ihr richtig gegeben: blaues Auge, zerkratzte Hornhaut, Arm in der Schlinge. Sie war in San Francisco mit den Kindern. Er war in Miami und grübelte. Das Projekt war gestorben.

Harry drückte seine Zigarette im Aschenbecher aus, den er auf der flachen Hand hielt. »Hast du keine Spannungen zwischen ihnen bemerkt, als du da unten warst?«

»Gar nichts.«

Er grinste. »Schlichter Einsiedlerkoller, hm? Ich meine, ich stell's mir ganz schön öd vor, da unten.« Er bestellte mir noch einen Drink. »Also hör zu«, sagte er. »Was hältst du davon, rüber auf die Azoren zu fliegen? Da gibt's gewaltigen Ärger wegen der kleinen örtlichen Walfangindustrie – die Portugiesen, du weißt schon.«

Ich leerte mein Glas in einem Schluck. Ich fühlte mich wie ein Saboteur, ein Killer, der Harpunier im Bug des davonrauschenden Bootes. »Wenn du die Wahrheit wissen willst«, sagte ich, ohne seinem Blick auszuweichen, »habe ich momentan genug von Walen.«

Mit seinen Filmen und mit seiner Musik prägt Amerika seit Jahrzehnten unser Bild von der Liebe. T.C. Boyle versteht es, das Lebensgefühl einer Generation in Worte zu fassen – einer Generation, die mit dieser populären Kultur aufgewachsen ist und sich darin zu behaupten versteht. »Wer den ersten Schock überwunden hat«, schreibt Susanne von Paczensky, »entdeckt eine Art schwarzer Heiterkeit. Wenn auch das Gute nicht siegt, so muß doch das Böse allerlei Niederlagen einstecken.«

Der Autor

T. Coraghessan Boyle, geboren 1949 in Peekskill/New York, unterrichtet heute an der University of Southern California in Los Angeles. Für seinen Roman ›World's End‹ erhielt er 1987 den PEN/Faulkner-Preis. In deutscher Sprache liegen unter anderem vor: ›World's End‹ (1987, dt. 1989), ›Grün ist die Hoffnung‹ (1984, dt. 1990), ›Willkommen in Wellville‹ (1993, dt. 1993), Romane; ›Greasy Lake‹ (1986, dt. 1993), ›Wenn der Fluß voll Whisky wär‹ (1989, dt. 1991).

T. C. Boyle im dtv

»Spannend leben oder spannend schreiben – beides paßt nicht zusammen.«
(T. C. Boyle)

World's End
Roman · dtv 11666
Ein fulminanter Generationenroman um den jungen Amerikaner Walter Van Brunt, seine Freunde und seine holländischen Vorfahren, die sich im 17. Jahrhundert im Tal des Hudson niederließen.

Greasy Lake und andere Geschichten
dtv 11771
Geschichten von bösen Buben und politisch nicht einwandfreien Liebesaffären, von Walen und Leihmüttern – mit wenigen Strichen umreißt Boyle die ganze Atmosphäre der siebziger Jahre in Amerika.

Grün ist die Hoffnung
Roman · dtv 11826
Drei schräge Typen wollen in den Bergen nördlich von San Francisco Marihuana anbauen, um endlich ans große Geld zu kommen. Aber die Natur ist widerspenstig – und Hanf ist ein empfindsames Pflänzchen ...

Wenn der Fluß voll Whisky wär
Erzählungen · dtv 11903
Vierzehn Geschichten aus Amerika: vom Kochen und von Alarmanlagen, von Fliegenmenschen, mörderischen Adoptivkindern, dem Teufel und der heiligen Jungfrau.

Willkommen in Wellville
Roman · dtv 11998
1907, Battle Creek, Michigan. Im Sanatorium des Dr. Kellogg läßt sich die Oberschicht der USA mit vegetarischer Kost von ihren Zipperlein heilen. Unter ihnen Will Lightbody. Sein einziger Trost: die liebevolle Schwester Irene. Doch Sex hält Dr. Kellogg für die schlimmste Geißel der Menschheit ...

Der Samurai von Savannah
Roman · dtv 12009
Als der japanische Matrose Hiro Tanaka irgendwo vor der Küste Georgias von Bord seines Frachters springt, ahnt er nicht, was ihm in Amerika blüht ...

Umberto Eco im dtv

»Texte haben keinen Autor, allenfalls Autoren.«
(Umberto Eco)

Lector in fabula
Die Mitarbeit der Interpretation in erzählenden Texten
dtv 4531

Kunst und Schönheit im Mittelalter
dtv 4603

Die Grenzen der Interpretation
dtv 4644

Der Name der Rose
Roman · dtv 10551
Daß er in den Mauern der prächtigen Benediktinerabtei das Echo eines verschollenen Lachens hören würde, damit hat der Franziskanermönch William von Baskerville nicht gerechnet. Zusammen mit Adson von Melk, seinem jugendlichen Adlatus, ist er in einer höchst delikaten Mission unterwegs ...

Nachschrift zum ›Namen der Rose‹
dtv 10552

Über Gott und die Welt
Essays und Glossen · dtv 10825

Über Spiegel und andere Phänomene
dtv 11319

Das Foucaultsche Pendel
Roman · dtv 11581
Drei Verlagslektoren stoßen auf ein geheimnisvolles Tempelritter-Dokument aus dem 14. Jahrhundert. Die Spötter stürzen sich in das gigantische Labyrinth der Geheimlehren und entwerfen selbst einen Weltverschwörungsplan. Doch da ist jemand, der sie ernst nimmt ...

Platon im Striptease-Lokal
Parodien und Travestien
dtv 11759

**Wie man mit einem Lachs verreist
und andere nützliche Ratschläge**
dtv 12039

Margriet de Moor im dtv

»Ich möchte meinen Leser genau in diesen
zweideutigen Zustand versetzen,
in dem die Gesetze der Wirklichkeit aufgehoben sind.«
(Margriet de Moor)

Rückenansicht
Erzählungen · dtv 11743
Sophie war noch ein junges Mädchen, als ihre Eltern nach Australien auswanderten. Zum Familienbesuch kehrt sie in die Niederlande zurück. Was wirklich war, erfährt sie erst jetzt im Rückblick; was sein könnte, zeigt ihr die Begegnung mit einem Jugendfreund. Plötzlich scheint alles möglich.

Doppelporträt
Drei Novellen · dtv 11922
In der Kindheit der beiden Schwestern gibt es einen faszinierenden Fremden, den Spanier, der ein Porträt ihrer Mutter malte. Mit ihm werden die aufregenden Dinge, die in ihren Büchern stehen, beinahe Wirklichkeit. Viele Jahre später, sie sind inzwischen erwachsen und haben selbst Familie, machen sie sich auf die Suche nach ihm ...

Erst grau dann weiß dann blau
Roman · dtv 12073
Eines Tages ist sie verschwunden, einfach fort. Ohne Ankündigung verläßt Magda ihr angenehmes Leben, die Villa am Meer, den kultivierten Ehemann. Und ebenso plötzlich ist sie wieder da. Über die Zeit ihrer Abwesenheit verliert sie kein Wort. Die stummen Fragen ihres Mannes beantwortet sie nicht.

»De Moor erzählt auf eine unerhört gekonnte Weise. Ihr gelingen die zwei, drei leicht hingesetzten Striche, die eine Figur unverkennbar machen. Und sie hat das Gespür für das Offene, das Rätsel, das jede Erzählung behalten muß, von dem man aber nie sagen kann, wie groß es eigentlich sein soll und darf.« (Christof Siemes in der ›Zeit‹)

John Steinbeck im dtv

»John Steinbeck ist der glänzendste Vertreter der leuchtenden Epoche amerikanischer Literatur zwischen zwei Weltkriegen.«
(Ilja Ehrenburg)

Früchte des Zorns
Roman · dtv 10474

Autobus auf Seitenwegen
Roman · dtv 10475

Der rote Pony und andere Erzählungen
dtv 10613

Die Straße der Ölsardinen
Roman · dtv 10625

Das Tal des Himmels
Roman · dtv 10675

Die Perle
Roman · dtv 10690

Tagebuch eines Romans
dtv 10717

Tortilla Flat
Roman · dtv 10764

Wonniger Donnerstag
Roman · dtv 10776

Eine Handvoll Gold
Roman · dtv 10786

Von Mäusen und Menschen
Roman · dtv 10797

Jenseits von Eden
Roman · dtv 10810

Meine Reise mit Charley
Auf der Suche nach Amerika
dtv 10879

König Artus und die Heldentaten der Ritter seiner Tafelrunde
dtv 11490

An den Pforten der Hölle
Kriegstagebuch 1943
dtv 11712

Gabriel García Márquez im dtv

»Die Pflicht jedes revolutionären Schriftstellers ist, gut zu schreiben.«
(Gabriel García Márquez)

Laubsturm
Roman · dtv 1432

Der Herbst des Patriarchen
Roman · dtv 1537

Der Oberst hat niemand, der ihm schreibt
Roman · dtv 1601

Die böse Stunde
Roman · dtv 1717

Augen eines blauen Hundes
Erzählungen · dtv 10154

Hundert Jahre Einsamkeit
Roman · dtv 10249
Die Geschichte vom Aufstieg und Niedergang der Familie Buendía und ihres Dorfes Macondo.

Die Geiselnahme
dtv 10295
Ein sandinistisches Guerillakommando preßt politische Gefangene aus den Folterkammern des Somoza-Regimes frei.

Chronik eines angekündigten Todes
Roman · dtv 10564

Die unglaubliche und traurige Geschichte von der einfältigen Eréndira und ihrer herzlosen Großmutter
dtv 10881

Die Liebe in den Zeiten der Cholera
Roman · dtv 11360

Der Beobachter aus Bogotá
Journalistische Arbeiten 1954 – 1955
dtv 11459

Das Abenteuer des Miguel Littín
dtv 12110

Oscar Collazos:
Gabriel García Márquez
Sein Leben und sein Werk
dtv 11108

Günter Grass im dtv

»Günter Grass ist der originellste und vielseitigste lebende Autor.«
(John Irving)

Die Blechtrommel
Roman · dtv 11821
Die Autobiographie des Oskar Matzerath, der Wirklichkeit ertrommeln und Glas zersingen kann.

Katz und Maus
Eine Novelle · dtv 11822

Hundejahre
Roman · dtv 11823
Über die Danziger Kleinbürgerwelt in der Zeit von Faschismus und Krieg.

Der Butt
Roman · dtv 11824

Ein Schnäppchen namens DDR
Letzte Reden vorm Glockengeläut
dtv 11825

Unkenrufe
Eine Erzählung · dtv 11846
Eine deutsch-polnische Liebesgeschichte.

Angestiftet, Partei zu ergreifen
dtv 11938
Politische Stellungnahmen eines engagierten Zeitgenossen.

Das Treffen in Telgte
dtv 11988
»Ein Märchen von versäumten Möglichkeiten - literarischen und nationalen.« (Fritz J. Raddatz)

Die Deutschen und ihre Dichter
Essays, Gedichte, Interviews
dtv 12027

örtlich betäubt
Roman · dtv 12069
Berlin im Januar 1967. Ein junger Mensch will Zeichen setzen ...

Ach Butt, dein Märchen geht böse aus
Gedichte und Radierungen
dtv 12148

Mit Sophie in die Pilze gegangen
Gedichte und Lithographien
dtv 19035